COLLECTION FOLIO

Camille Froidevaux-Metterie

Pleine et douce

Gallimard

Camille Froidevaux-Metterie est philosophe. Ses recherches sont consacrées aux mutations de la condition féminine portées par les luttes et la pensée féministes dans une perspective phénoménologique qui place le corps au centre de la réflexion. Autrice de nombreux essais remarqués dont *Un corps à soi* (Seuil, 2021) et *Un si gros ventre : Expériences vécues du corps enceint* (Stock, 2023), elle publie son premier roman, *Pleine et douce,* en 2023 aux Éditions Sabine Wespieser.

Ève

Il doit être tôt, « pourquoi si tôt ? », me demande-t-elle parfois de sa voix endormie. Alors j'attends un peu, je reste là, tranquille, à regarder la nuée d'oiseaux immobiles qui flottent au-dessus de moi. J'aime particulièrement le rouge. D'ordinaire, quand le groupe reprend son vol circulaire et que ce beau rouge passe à l'aplomb de mon visage, j'agite frénétiquement les bras pour essayer de l'attraper. J'adore son œil noir et brillant, le renflement vermillon de son ventre et cet air un peu espiègle qu'il a en me regardant. C'est Greg qui m'a offert ce mobile, parce que se réveiller chaque jour en suivant les oiseaux des yeux, m'a-t-il promis, c'est l'assurance d'une vie légère et aventureuse. Grand-mère a fait la moue et l'a trouvé *inadapté*, s'inquiétant de ces plumes véritables que je pourrais suçoter, qui pourraient m'empoisonner. Maman a haussé les épaules.

J'aime le bruit de la clé mécanique qu'elle remonte après m'avoir précautionneusement déposée dans mon lit. Je fais en sorte qu'elle s'y reprenne, qu'elle y revienne, deux fois, trois fois, même si je sais que cela ne l'amuse pas toujours. Elle aimerait bien que je m'endorme vite, que je la libère de ce rituel usant, tourner, s'éloigner sur la pointe des pieds, tirer doucement la porte qui grince, rentrer à nouveau si je décide de pleurnicher, tourner, s'éloigner sur la pointe des pieds… J'en profite un peu, il est si doux ce petit manège.

Au réveil, c'est autre chose. Je me lasse vite de contempler les volatiles arrêtés et, pour tout dire, je ne serais pas plus heureuse s'ils se remettaient à voler. C'est le matin, j'ai faim. Je tente de me retenir d'appeler, je me concentre sur mon bel oiseau cramoisi, mais mon estomac se tord et me fait mal. Presque malgré moi, je commence à geindre, un son discret mais constant, une tendre plainte. Il ne faut pas longtemps avant que je l'entende se lever, je continue de chouiner quelques secondes, pour la forme, car elle arrive. La voilà qui pousse la porte d'un grand geste et s'approche, les yeux gonflés, les cheveux en pétard, le peignoir à peine noué. Je cesse sur-le-champ de gémir et lui présente gracieusement mes deux dents. « Je me lèverais toute ma vie aux aurores, m'a-t-elle dit un jour, si tu m'accueillais toujours avec ce si beau sourire », alors je m'applique.

Elle se penche et m'attrape avec une infinie délicatesse. Doucement, elle me serre contre elle et je plonge dans la chaude odeur de sa nuit. Nous ne faisons qu'une à nouveau, mon visage dans son cou, ses lèvres sur ma peau. Je l'entends murmurer son amour, je ferme les yeux un instant, bref, puis romps notre béatitude en gigotant. J'ai faim et les effluves de sa chair ne me comblent pas. Elle me cale alors sur sa hanche et nous allons ensemble dans la cuisine. Elle a préparé la veille le dosage de lait en poudre et d'eau minérale qu'il va lui suffire de mélanger puis de réchauffer. Je m'agite, je halète bruyamment, remuant bras et jambes tel un pantin devenu fou. Ça la fait rire, elle dit « ça vient, ça vient… », s'allonge à demi sur le canapé, tire le plaid sur ses jambes découvertes, et puis ça vient, le liquide tiède dans ma bouche, dans ma gorge, qui déborde, elle a mal réglé la tétine et me l'arrache sans prévenir pour diminuer le débit. Je suis sur le point de hurler, le pis en plastique me rebouche le clapet. Je tête avec ardeur, cela produit une mélodie rythmée, monocorde et ronde qui la plonge dans la torpeur. Je la sens relâcher son étreinte, je vois sa tête s'incliner jusqu'à venir reposer sur le coussin jaune. Je m'étale entre ses bras, complètement relâchée, seules ma bouche et ma langue s'activent. Quand je suis rassasiée, je sombre à mon tour. Le biberon est tombé et l'a sortie de sa somnolence. Elle couvre nos deux corps imbriqués, façonnant un gros et chaud cocon. Nous retournons alors aux origines, plus rien n'existe que nos souffles mêlés dans le sommeil.

Mais aujourd'hui nous n'avons pas le temps d'arrêter le temps. Nous sommes pressées, me dit-elle, nous avons rendez-vous. D'un bras, elle me plaque sur son épaule dans l'attente du rot qu'elle semble aimer tant, de l'autre elle farfouille dans les tiroirs et attrape ma tenue du jour. Me voilà déshabillée, ma lourde couche enlevée et jetée. C'est le moment béni de la toilette. À l'aide d'un carré de coton imbibé de lotion, elle nettoie patiemment mes courbes et mes recoins. Je la regarde effectuer sa tâche avec sérieux, passant du pli de la cuisse avec le pubis au pli entre les lèvres, du côté gauche, du côté droit, les fesses ensuite, qu'elle expose au monde en tirant vers ma tête mes jambes tenues ensemble par les pieds. Je vois bien qu'elle est fascinée. Quand elle souffle doucement pour que ça sèche, elle contemple ma vulve rose comme si elle n'avait jamais rien vu d'aussi beau. Je devine qu'elle aimerait embrasser mon monticule de Vénus, il est si dodu, si tentant, elle se contente de quelques bisous parsemés autour de mon nombril. Après m'avoir enduite d'une crème blanche et pâteuse, elle m'enserre dans une couche propre, referme les pressions de mon body et m'habille. Chacun de ses gestes est accompagné d'une petite injonction ou d'une explication : ne bouge pas, donne-moi ta main, voilà, je te retourne, je ferme les boutons, voilà, regarde-moi, c'est parfait. J'ai alors droit à de nouveaux baisers assortis d'autant de compliments, je suis si belle !

C'est tout de même quelque chose d'être ainsi admirée et cajolée tout au long de mes journées. J'aime quand elle déverse sur moi son avalanche de caresses et de mots doux, mais je me passerais volontiers des mimiques attendries du moindre quidam qui, parce que je le fixe, solidement amarrée au buste maternel, s'imagine que je lui suis offerte. On me regarde, on me parle, on me touche même. Et on s'étonne que je ne fasse pas « risette », on s'inquiète de mon air bougon, je serais fatiguée, mal réveillée, affamée. Non, simplement contrariée de devoir subir, jour après jour, ces onomatopées ridicules et ces gestes maladroits. J'imagine que cela lui fait plaisir qu'on lui dise et répète que je suis *mignonne*, *craquante*, *adorable*, car elle reste absolument souriante, supportant avec patience d'être interrompue dans sa lancée, qu'elle doive s'arrêter net sur le chemin de la crèche ou qu'il lui faille suspendre ses mouvements quand elle choisit les légumes de ma future purée. Oui, on dirait bien que cela lui plaît de subir ainsi les assauts de parfaits inconnus (parfaites, plutôt, car ce ne sont jamais des hommes) et de laisser leurs gros doigts se poser sur mes joues rebondies. Le pompon, c'est quand on prétend que je lui ressemble, je la sens presque trembler de joie, je sais que c'est de soulagement.

Ce matin, rare occasion, nous avons pu nous laisser porter par le bus en silence. J'ai eu tout le loisir de regarder les feuilles des arbres secouées par le vent, hypnotisée par cette lumière dorée qui apparaissait et disparaissait au gré des rafales. Je crois bien qu'elle somnolait encore dans mon dos, elle ne bougeait pas, ses mains refermées sur mes pieds nus. Nous étions toutes les deux comme en suspens, débarrassées du poids de nos sentiments si forts, balancées dans l'évidence de notre présence à l'autre. J'aurais voulu que le voyage dure longtemps, j'aurais voulu traverser la ville, la campagne puis les montagnes, jusqu'au bord de la mer où j'ai ma source. Mais, et c'est une réalité que je commence hélas à comprendre, toutes les bonnes choses ont une fin. Le bus s'est arrêté, elle s'est levée, le temps a soudain retrouvé sa cadence, nous avons replongé dans le flux convulsif des rapports humains. Et tout a recommencé, les grimaces, les chatouilles, ce langage inepte par lequel les adultes imaginent se faire mieux comprendre des nourrissons, litanie exaspérante de questions systématiquement dédoublées : « Elle est pas trop mignonne, cette choupinette ? Elle est pas trop mignonne ? », « Mais comment c'est possible de si jolis pieds ? Comment c'est possible de si jolis pieds si doux ? » et l'abominable « Tu vas en faire des ravages, toi ma belle, hein ? Tu vas en faire des ravages… ».

Seuls les enfants me laissent en paix, ils se fichent royalement de ma petite perfection, ils en sortent à peine et sont impatients de l'oublier pour se frotter à la mocheté de la vie qui leur plaît tant. Ce goût pour les choses bruyantes et laides m'échappe encore, mais je pense que je saisirai un jour. J'aime les regarder courir et sautiller, parler fort et gesticuler sans se soucier des adultes qui les entourent, tout au monde qu'ils créent rien que pour eux. Ils m'intéressent beaucoup, eux et les très vieux, dont je ne sais jamais s'ils me voient vraiment. L'autre jour, une dame sans âge ni futur a voulu de son front toucher le mien. Elle était assise sur notre banc, celui qui nous permet de tout observer sans risquer un ballon dans la tête ou une trottinette sur les pieds. Toute molle, les jambes jointes face au parc, le dos curieusement incliné sur le côté, elle s'est tournée vers moi par un joli mouvement de rotation du buste et de la tête. Ses grands yeux ont attrapé les miens, ils étaient bizarres, l'un presque tout blanc, les deux larmoyants. Nous sommes restées reliées l'une à l'autre de longues secondes, puis, imperceptiblement, son visage sans sourire s'est rapproché du mien. C'était très fort, je voyais tout au fond d'elle l'origine des temps, je voulais la rejoindre pour que nous flottions ensemble dans le néant qui précède la naissance et qui est le même que celui qui suit la mort. C'est là que maman a réagi, je tirais sur le porte-bébé et dérangeais son excursion dans le monde virtuel. Elle m'a recouverte d'un bras et tirée un peu trop brusquement en arrière. La dame est restée courbée, les yeux fixant désormais le vide. Quand je vois ces peaux sans plus aucun moelleux, ces plis et ces creux aux trajets hasardeux, ces protubérances incongrues et parfois poilues, je me dis toujours qu'il fut un temps où le sang et l'eau irriguaient ce corps, un temps de chair pleine et douce, un temps ardent. Tout le monde l'a oublié, pas moi.

Nous voilà arrivées, posées dans cette grande pièce en bazar où les enfants se succèdent sans jamais vieillir. Les morceaux géants d'un puzzle de plastique mou sont éparpillés au sol, ils ne formeront plus jamais d'image cohérente. Des peluches désarticulées débordent de seaux en tissu. Des affiches nous informent : « La rougeole revient, elle est très contagieuse, les nourrissons peuvent en mourir. Nés avant 1980 ? Pensez à votre rappel de vaccin. » Une petite fille me tourne le dos, elle est penchée sur ce que je devine être un garage dans lequel elle introduit de force une poupée unijambiste. Ne me demandez pas pourquoi. De mon côté, je reste tranquille, rien de tout cela ne m'intéresse vraiment, je ne suis que patience.

La première fois que nous sommes venues, il s'est produit un événement qu'elle a trouvé très drôle. Nous attendions notre tour pour l'inscription, sagement plantées derrière un berceau où reposait un magnifique comparse, cheveux blond-blanc dressés au-dessus d'un beau regard azurin. Accoudée au comptoir de l'accueil, sa mère répondait aux questions de la secrétaire. Date de naissance ? 3 janvier 2021. Prénom ? Adam… Là, maman s'est exclamée et n'a pu retenir un petit rire. Un peu vexée, les sourcils froncés, l'autre s'est tournée vers elle, « je peux vous demander ce qui vous amuse ? ». Ce qui l'amusait, c'est que je m'appelle Ève. Attendrissement généralisé, plaisanteries de marieuses. Adam et moi sommes restés impassibles, à peine un regard échangé, nous n'allions pas refaire la genèse et le monde pour leur seul plaisir.

C'est mon huitième ou neuvième rendez-vous, je ne compte plus, mais je connais bien la musique et je l'adore. La porte s'entrouvre, nous entendons notre nom prononcé d'une voix grave. C'est le signal, elle bondit sur ses pieds, me réajuste dans le porte-bébé, attrape son sac et se dirige vers la voix. « Bonjour docteur », « Bonjour madame, bonjour Ève », je réponds par un sourire. C'est si rare qu'on m'appelle par mon prénom. Le plus souvent, on me nomme oiseau bleu, chérie d'amour, choupette, et on prend soin d'y accoler un possessif. J'apprécie donc de redevenir moi-même un instant, même si c'est généralement dans la bouche de représentants du corps médical ou de l'administration. Dans le cas du docteur, je sens que ce n'est pas seulement formel, je sais qu'il s'adresse à moi comme à une personne et ça fait un bien fou. Quand il me regarde droit dans les yeux en me demandant si je vais bien, je ne suis plus cette petite masse que l'on manipule, transporte, tripote, je suis Ève.

Évidemment, elle répond à ma place, dit que je suis en pleine forme d'un ton à la fois fier et gêné, comme si elle avait du mal à y croire. Car elle a du mal à y croire. Tout en me déshabillant, elle parle de mes biberons avalés avec joie, de ma digestion parfois un peu bruyante, de mes selles toujours régulières. Il l'écoute patiemment, mais je vois bien qu'il est un peu agacé, pas tant par ses paroles un peu mièvres, dont il doit avoir l'habitude, que par ses gestes doux et lents, si lents… Quand enfin il peut me retirer de son giron, c'est une autre affaire. Je suis tenue fermement, mesurée, pesée, redressée, auscultée, le tout assez rapidement, mais avec beaucoup de précision. J'aime ce moment, j'aime l'assurance de ses grandes mains, j'aime être propulsée dans les airs de la table à langer à la balance – j'en frétille –, j'aime éprouver mon corps tonique répondant à cette puissance. Là encore, c'est si rare. Il n'y a guère que Greg pour oser lui aussi me traiter autrement que comme une poupée de porcelaine. Maman pousse alors des cris et finit par se précipiter pour me retirer de ses bras qui ont fait de moi un avion. Chez le docteur, elle se tient au plus près possible, tout son corps tendu vers le mien. Quand un « attention » murmuré lui échappe, elle se fait reprendre, « elle n'est pas en cristal, votre fille, chère madame, je ne vais pas la briser… ». Confuse, elle recule un peu et bafouille que, oui, bien sûr.

Parviendra-t-elle un jour à se débarrasser de cette inquiétude qui accompagne son amour depuis toujours ? Je n'en suis pas sûre, mais comment lui en vouloir ? L'histoire de notre vie est tout imprégnée de peur. Elle a eu peur, une peur panique, viscérale, de ne jamais m'avoir. Elle a eu peur d'un drame caché dans la rencontre entre celui et celle qui, sans le savoir jamais, allaient fusionner pour me donner forme. Elle a eu peur ensuite que je ne m'installe pas en elle, que je ne me développe pas normalement, que je ne sois pas parfaitement constituée, que je me décroche. Quelle angoisse, mais quelle angoisse ! Je ne vais pas l'accabler en lui reprochant ses gestes superflus et ses précautions excessives. Je la laisse se rassurer comme elle peut, je la laisse découvrir jour après jour qu'elle doit me faire confiance. C'est à moi de lui montrer de quel bois je suis faite, parce que ce bois, je le connais, je sais qu'il est solide.

C'est d'ailleurs très exactement ce que le médecin constate : je me tiens assise, je tape et je jette, je joue avec mes pieds, je sautille debout si on veut bien me soutenir un peu, je vocalise, je suis éveillée et tonique. Un magnifique bébé, en pleine forme, la fierté d'une mère. En guise de récompense, elle apprend qu'elle va pouvoir ajouter des protéines à mes repas, de la viande blanche, du poisson maigre, elle pourra même introduire un peu de crème fraîche ou de beurre dans mes purées et me donner des fruits crus au goûter. Elle s'inquiète, ne suis-je pas déjà trop dodue ? Mes cuisses font d'étranges plis en leur milieu, mes joues sont celles d'un hamster et mon ventre ressemble à un ballon. En souriant, mon héros lui annonce que, comme tous mes congénères, je ressemblerai à un petit bouddha jusqu'à ce que la station debout et l'apprentissage de la marche viennent faire fondre tout ça. Je la sens à moitié convaincue. Il insiste, il ouvre mon carnet de santé à la page de la courbe de croissance et, chiffres à l'appui, la convainc que mon poids est tout à fait dans la norme, pile à la moyenne. Elle acquiesce enfin et je respire, à moi poulets et bananes ! Nous repartons euphoriques.

Il nous reste du temps avant le déjeuner, du temps qu'elle a décidé de consacrer à la quête de la tenue que je porterai pour ma fête. Elle y tient, elle me veut toute de blanc vêtue, radieuse et pure, et ce quand bien même il n'y aura ni paroles d'évangile ni eau bénite. Dans le grand magasin où elle pense trouver son bonheur, une étrange ferveur la saisit. Elle court d'un coin à l'autre, tire des portants de petits cintres froufroutants qu'elle me présente puis replace aussitôt, sans attendre ma réaction. Les vendeuses rivalisent de sourires et de compliments lassants. Les lumières m'agressent, les couleurs me blessent, j'envie ce bébé endormi dans son berceau qui échappe à cette débauche écœurante. Je me crispe, commence à gigoter et à geindre. Je ne veux pas de ces dentelles ni de ces volants, je ne veux pas que mes pieds disparaissent sous des vagues fragiles, je ne veux pas me dissoudre dans ces volutes trop brillantes. L'a-t-elle compris ? On dirait bien, car voilà qu'elle arrête la cavalcade pour me demander, enfin, ce que je pense de cette petite chose toute simple. C'est « l'équivalent pour bébé de la fameuse robe trois trous », lui a-t-on précisé mielleusement. Peu m'importe, ce que je vois, c'est que mes bras et mes jambes resteront nus et que rien n'enserrera la taille que je n'ai pas encore. Il y a un gilet assorti, du même tissu blanc cassé un peu raide, sans boutons, mais fermé par un ruban, très chic, dit-elle. Je lui concède ce plaisir, soulagée de pouvoir alors quitter l'antre de la mode. Elle n'a pas le courage de chercher pour elle dans la foulée, elle fera ça avec Corinne, quand Greg viendra à la maison s'occuper de moi, quel soulagement.

Et quelle joie ! Il est arrivé vers quinze heures, alors que j'émergeais de ma sieste. Elle lui a proposé un café, j'aurais préféré qu'elle nous laisse sans s'attarder, mais c'est ainsi. Je les écoute échanger leurs commentaires aimants sur ma petite personne. Il s'extasie devant la robe trois trous, un choix parfait, il n'aurait pas trouvé mieux. Ils discutent ensuite du buffet qu'elle a eu la curieuse idée de vouloir lui aussi intégralement blanc, pourquoi faire simple quand on peut faire compliqué ? Bon, en même temps, c'est un peu son métier, je comprends qu'elle veuille épater les convives, elle a une réputation à tenir. La discussion est intense et ponctuée d'exclamations à chaque nouvelle trouvaille. Ce sera donc velouté de chou-fleur aux saint-jacques, anneaux de calamars sauce coco, boulettes de quinoa farcies à la burrata, aspic de poisson au cédrat, mini-panna cotta au thym-citron, roulés de radis noir-chèvre frais, pics champignons de Paris-chantilly salée et navets glacés-poulet au miel, verrines de risotto à la truffe blanche d'Alba, fromages à pâte claire et, pour le dessert, bavaroise chocolat blanc, tarte au citron meringuée revisitée, cheesecake aux lychees, smoothies à la poire pimentée et café blanc. Le tout fait maison, cela va de soi. Pour la déco, c'est plus simple, trop simple même, je redoute le triste monochrome immaculé jusqu'à ce que Greg suggère d'introduire une couleur contre-point. Pas du rose, ça non, pas de rose. Ce sera du mauve, comme les murs de ma chambre, un mélange de rose et de bleu choisi quand elle ne savait pas si je serai grille ou farçon.

La voilà partie, mon corps-à-corps avec Greg peut enfin commencer. Il m'allonge sur la table à langer, replie mes jambes d'une main et plonge ses yeux verts dans les miens en me soutenant la nuque. Nous entrons en contact, je suis sa petite grenouille. Il me retourne sur le ventre, je me laisse faire et m'étale, glissant instantanément à l'état de poussière dans l'air chaud du soleil, je vais là où Greg m'emmène. Il a enduit ses mains d'un mélange d'huiles d'amande douce et de camomille romaine et les a posées sur mon dos. Par de larges pressions à plat, il glisse de l'épaule gauche vers la fesse droite et inversement, plusieurs fois, lentement. Je reçois. Puis il descend le long de chacune de mes jambes, ses doigts enserrent mes cuisses, mes mollets, mes chevilles, tels des bracelets mouvants. Il saisit un de mes pieds, ses pouces remontent du talon vers les orteils qu'il écarte un à un, l'autre pied. À nouveau sur le dos, je peux l'observer dessiner de grands huit sur mon torse, masser mon ventre et répondre à son sourire quand de petits pets sonores ponctuent ses gestes. Puis ce sont les épaules et les bras qu'il étire, les mains qu'il déplie et les doigts qu'il pince délicatement. Il termine par sa paume sur mon crâne massant doucement ma fontanelle, son visage tout près du mien et les bisous qui déferlent. Elle nous découvrira tous les deux endormis sur le canapé du salon. Je suis dans le creux de son ventre, Greg est enroulé autour de moi, il m'englobe, je flotte dans le chaud liquide de son amour.

Stéphanie

Tout est luisant, intact, reflets doux du métal froid, le grand calme avant la cohue. Les couteaux sont alignés au mur, bataillon dormant. Les planches étalent leur blancheur provisoire. Les louches et les passoires pendent. Les casseroles s'empilent. J'ai beau chercher, je ne trouve pas la moindre trace du service de la veille, pas la première pelure d'oignon, pas même une goutte séchée tombée de la cuillère dans l'interstice entre les feux et le plan de travail. Je m'immerge et m'étends dans ce pimpant silence. Pendant quelques secondes qui ne sont qu'à moi, j'emplis la cuisine. Je me confonds avec elle.

J'en suis la seconde, pas cheffe, seconde, comme à la maison. Seconde fille, encore une fille, misère de fille. J'aurais dû m'appeler Stéphane, ce sera Stéphanie, après Laurence (qui aurait dû s'appeler Laurent) et avant Lucie (qui aurait dû s'appeler Lucas). La ronde de la malédiction féminine était scellée. J'ai pourtant essayé de faire oublier que je n'étais qu'une fille, porté les cheveux courts, pratiqué le sport à outrance, ramené de mauvaises notes, personne n'était dupe. « Garçon manqué », disait maman, même pas fichue d'être une fille comme il faut. J'ai persévéré, j'ai choisi un métier d'homme et la vie qui va avec. Son visage glacial et âpre quand je lui ai annoncé que l'école, c'était fini pour moi. Je n'irais pas au lycée, je ne m'échinerais pas comme Laurence, qui en avait perdu toute joie de vivre, à tenter d'obtenir d'elle un demi-sourire pour une dissertation réussie, à attendre un compliment pour une mention obtenue, toujours en vain. Cap sur la cuisine, CAP cuisine, j'allais bosser dur, je n'imaginais même pas à quel point, mais je bosserais pour moi, pas pour elle.

Je l'ai payé cher, du prix de ses mots qui griffaient ma peau, son dédain gluant s'accrochant à mes basques. Ainsi lestée, j'ai passé mes années de formation à glisser comme un fantôme dans les couloirs de la maison, partant à l'aube sans même faire résonner le bruit de l'eau qui bout, revenant dans la nuit pour quelques heures de sommeil auxquelles elle ne pouvait rien. Dès que la chose a été possible, j'ai fui le nid familial et j'ai pris mon envol, laissant derrière moi mes parents, sans l'ombre d'un regret, et mes deux sœurs, avec de la peine. J'ai bien failli m'écraser, mais non, finalement non. Je plane désormais.

Aujourd'hui le chef ne viendra pas et me voilà à la tête de la brigade. Ce n'est pas du goût de tout le monde, mais c'est ainsi. Cinquante kilos toute mouillée contre des quintaux de muscles irrigués à la testostérone. J'ai l'expérience pour moi et ma grande gueule en renfort, cela n'y fait rien, j'ai le trac. Comme à chaque fois que l'on me hisse de la seconde à la première place. Je ne suis pas habituée à n'avoir personne au-dessus de moi. Les yeux de Laurence me manquent, sa main dans mes cheveux, toujours là à s'assurer que j'allais bien, à nettoyer de la douceur de ses caresses les plaies laissées par la furie. « Ne t'inquiète pas ma Stéphi, tout ce qu'elle dit, c'est du vent, laisse les mots glisser sur toi et partir au loin. » Facile à dire, les mots restent, même quand on les oublie, ils s'agglutinent quelque part dans un recoin cérébral à attendre l'occasion de résonner à nouveau. La litanie haineuse, « tu n'arriveras à rien », « arrête de prendre tes rêves pour la réalité », « tu te crois au-dessus de nous ?! ». À défaut de pouvoir me boucher les oreilles, je ferme alors les yeux, j'inspire profondément, puis je dissous les paroles acides de mon souffle lent et sucré.

Ce matin, je sais que ce sera dur, pas d'échos toxiques, mais quelques heures de sommeil en moins. Je les ai passées à masser les gencives d'Ève qui a eu l'idée malvenue de percer une dent précisément cette nuit. Une petite dent toute pointue que je sentais sous la pulpe de sa gencive. Que faire face à un tel supplice ? La chair perforée de l'intérieur, son propre corps s'infligeant la douleur. Ève ne pouvait qu'endurer, me fixant de ses yeux inquiets et perlés de larmes, les sourcils contractés, les joues écarlates. J'espère que sa journée sera plus douce et que Jamila trouvera le remède que les mères se transmettent à travers les âges pour soulager leurs louveteaux. Je n'ai d'autre choix que de le souhaiter, car je vais très bientôt oublier l'existence même de ma fille.

C'est Jules qui enclenche le processus qui mènera à l'amnésie. Le premier arrivé, comme souvent. Il me salue d'un sourire dont il ne sait même pas à quel point il est fascinant, la joue barrée d'une magnifique et éphémère cicatrice, les cheveux blonds alourdis du gel sans lequel à l'évidence il n'y a pas de vie possible. La quintessence du jeune homme traînant sa nonchalance adolescente à la remorque de sa volonté nouvelle de conquérir le monde. Cela donne une incroyable capacité de travail, une application ardente à la tâche, que viennent interrompre de brusques suspensions, quand le geste ralentit soudain et que Jules s'envole dans la stratosphère, là où flottent probablement quelques corps de jeunes femmes comblées. Je l'apostrophe alors : « Où t'es parti Tigrou ?! Reviens parmi nous. » Il sursaute en grognant. Il n'aime pas beaucoup ce surnom dont je l'affuble depuis qu'une piqûre de guêpe l'a transformé pour quelques heures en félin, l'espace entre les yeux gonflé jusqu'à faire de son nez un museau. C'est aussi, je dois le reconnaître, que je suis une mère-tigre pour lui, sévère, exigeante, la patte lourde. Il encaisse parce qu'il a deviné que, de tous ses acolytes, il était celui qui m'importait le plus, le petit apprenti doué dont j'avais décidé de faire un disciple.

Le programme du jour est inhabituel, repas de fiançailles, la salle entière a été réservée. Le chef prétend me flatter en me laissant aux commandes, mais je ne goûte qu'à moitié la prétendue faveur. D'abord parce que le menu sera unique et que je ne suis pas cantinière. Ensuite parce que cela m'oblige à cautionner ce à quoi tout mon être résiste depuis toujours. L'enfermement dans les cases qui garantissent une vie conforme, les rituels faussement joyeux qui entérinent la fin de la liberté. Il va donc falloir que je prenne sur moi et que j'accepte de faire aussi bien, aussi bon que d'habitude, quand je voudrais les voir tous grimacer et s'étouffer.

J'appréhende leurs mines réjouies, le jeune couple irradiant de la certitude naïve et fausse de son bonheur futur, les parents se rengorgeant d'être ainsi parvenus à faire entrer dans le moule conjugal ces rejetons qu'ils s'imaginent leurs clones. Les mères pitoyables à force d'efforts pour paraître ce qu'elles ne sont plus depuis longtemps, guettant dans le regard de l'autre, sur le corps de l'autre, la confirmation de leur supérieure apparence, sans voir qu'elles ne sont que deux versions de la même décrépitude sous contrôle dont seules les couleurs varient. Les pères rivalisant de tournures humoristiques et de compliments lourdauds, les verres en l'air, le ventre en avant, se fichant comme de leur première pipe de la félicité des tourtereaux. Leurs regards s'accrochant aux jambes de la cousine qui a tellement grandi, au cul de la copine qui porte une robe si moulante qu'elle a dû le faire exprès.

Tout ce que j'abomine, la comédie du rêve familial, le simulacre des sentiments indéfectibles. Car, et ils font semblant de l'ignorer, dans sept ou huit ans, ce sera l'enfer de la séparation suivant de peu la naissance du deuxième enfant. Elle restera hébétée, le périnée encore distendu, flanquée de mômes qu'elle élèvera une semaine sur deux, condamnée à la fréquentation des applis sans lesquelles elle n'aurait plus de vie sexuelle. Ou alors, vingt ans plus tard, la penderie vidée de ses chemises, lui qui part avec une plus jeune, persuadé de conjurer le destin qui fait grossir la bedaine et tomber les cheveux. Un nouveau rejeton concédé pour faire plaisir à la seconde, qu'il regrettera secrètement lors de ses nuits hachées par les maladies infantiles, affligé de devoir partager son lit avec un nourrisson, dépité de la voir asservie au petit roi, épuisé par les requêtes démultipliées de sa famille recomposée, mortifié par la dépression de la première qui s'effondre sous le poids du chagrin. Je les connais ces ravages, j'ai vu Laurence pulvérisée, disséminée, se répandre entre les lames de son parquet. J'ai entendu la litanie de sa douleur, folles invocations qu'aucune caresse ne faisait taire. Alors la vie de couple, l'union consacrée, non merci, je les laisse danser sans moi la mortifère farandole.

Je n'en ai jamais eu envie, je n'ai formé aucun rêve, pas même un espoir. Et vous savez quoi ? Cela me va. Kenza pense que ce sont les hommes le problème, que la vie des hétéros est par définition un calvaire. Elle a sans doute raison. Je ne voudrais pour rien au monde endurer les charges immémoriales de la domesticité féminine, mais je ne suis pas pour autant lesbienne et je ne crois pas que cela puisse se décider. C'est le principe même du couple qui me débecte en fait. Qui a dit qu'il fallait être deux pour être heureux ? Moi, je mène ma vie à ma façon, sans subir aucune contrainte autre que celles du métier que j'ai choisi. J'aime me lever la nuit pour tester dans un boucan d'enfer la recette exhumée de mes songes. J'adore embarquer sur un coup de tête à bord d'un train ou d'un avion pour aller goûter la cuisine turque ou marseillaise. Je jubile de mes petits matins à courir le long du fleuve jusqu'à sortir des faubourgs et me retrouver à pister les poules d'eau. Je raffole de ces soirées à exulter entre des bras que je quitterai au petit jour, sereine et comblée. Je voudrais contempler ces aubes désertes jusqu'à ma mort ! L'immense bonheur d'une solitude qui est le contraire d'un abandon et qui n'inspire ni pitié ni mépris. Quant à la réprobation de la gorgone, elle ne m'atteint plus depuis longtemps. Seules ses insinuations relatives à la sécheresse de mes entrailles ont continué de me blesser.

Je voulais un enfant, elle l'avait deviné, n'ayant de cesse de faire rouler ses lourdes billes de mercure dans ma tête. Ce qu'elle ne savait pas, c'est pourquoi ce désir me déchirait le ventre. Je refusais moi-même de le saisir. Des années à regarder le plafond en tournant autour des mots, jusqu'à la révélation. Je sortais de chez Laurence, qui venait d'accoucher de Charline, j'avais passé l'après-midi avec elles, la mère et la fille la mère et la fille la mère et la fille. Les regards confiants, les gestes évidents, les mots inouïs. J'ai pleuré et j'ai compris, j'ai su que c'était possible, j'ai vu les contours très nets d'un lien que je ne connaissais pas, celui que noue l'amour tout autour de l'enfant, qui va lui donner la force et la joie de vivre. Depuis ce jour, aucune perspective, aucun accomplissement n'a jamais recouvert ce besoin qui m'habitait de vivre à mon tour la tranquille folie de l'enfantement.

« Je te rappelle que, jusqu'à nouvel ordre, il faut un homme pour faire un bébé. » Non maman, pas un homme, la semence d'un homme. Lorsque j'ai réalisé que je n'avais besoin que de cela, quelques gouttes blanchâtres où fourmillent les gamètes, j'ai cessé d'attendre mille ans et j'ai enclenché la dynamique créatrice. Je suis allée faire un pur enfant du désir et de la technique. Ève, mon oiseau bleu, ma vie. Vous trouvez que c'est égoïste ? Je ne crois pas. Ou alors pas davantage que d'avoir un bébé pour souscrire à un idéal familial ou pour tenter de sauver un couple qui dépérit.

Rien n'indiquait, à l'entrée de l'immeuble, l'incroyable machinerie biologique dont il était le premier rouage. Pas de portes vitrées ni de blouses blanches, un simple appartement, cossu et impersonnel, dans lequel je suis entrée sans y être accueillie. La porte s'est ouverte d'elle-même après que j'ai sonné, j'ai suivi les flèches et me suis retrouvée dans un salon bourgeois aux allures de salle d'attente. J'ai salué d'un petit signe de tête les deux femmes qui s'y trouvaient déjà et me suis assise dans un coin. Essayant d'accrocher mon attention aux pages luisantes d'un magazine féminin, j'ai été prise d'une vague nausée à contempler la kyrielle de sacs, chaussures et bijoux aux formes improbables. J'ai relevé la tête et observé discrètement mes sœurs d'infortune, silhouettes apprêtées qui tentaient de tromper leur angoisse en faisant défiler sur leur smartphone les images éphémères du bonheur factice de leurs amies virtuelles. Personne n'était dupe. Surtout pas elles, qui avançaient dans le monde en tenant la main d'un enfant imaginaire, cet enfant qui voilait leurs regards et figeait leurs sourires.

Une forme imposante est apparue dans l'embrasure de la porte et a prononcé mon nom. J'ai hésité à bouger, incrédule, j'étais la dernière arrivée. Mon nom répété, je me suis levée pour emboîter le pas au grand manitou faiseur de miracles. Assise face à lui, je l'ai regardé tourner les pages de mon dossier, les yeux fixés sur ses mains énormes dont je peinais à imaginer qu'elles puissent plonger avec délicatesse entre les jambes des femmes. Il était si gros, si rond, que je me suis demandé si c'était par mimétisme empathique : « Vous voyez, même moi je peux tomber enceint, alors vous… ce sera l'affaire de rien… » Focalisée sur cette masse blanche, je tentais d'ignorer les photos de nourrissons qui tapissaient le mur sur ma gauche, des nourrissons si exactement semblables qu'on aurait dit des clones. J'en voulais bien un exemplaire, moi aussi, de ce petit être formaté.

« Vous n'avez qu'une option », m'a-t-il dit. Je le savais, je ne savais que cela. Il m'a fallu malgré tout entendre à nouveau, prononcées à haute et forte voix, les raisons qui m'ont poussée dans cet angle si étroit. Je n'étais pas en couple, je n'avais pas de compagnon, il n'y avait pas de père potentiel, je ne pouvais prétendre à être accompagnée dans mon projet parental. J'avais bien pensé un moment demander à Greg de jouer la comédie du bonheur et engager avec lui une démarche d'adoption, la supercherie aurait été trop flagrante, les efforts sans doute vains. Pas d'homme dans ma vie donc, pas de procréation médicalement assistée possible, pas en France. J'allais devoir chercher ailleurs les graines providentielles et payer leurs négociants au prix fort (comment font celles qui n'en ont pas les moyens ?). Une démarche courante, m'a-t-il assuré, des équipes aguerries, des espoirs certains.

J'ai eu de la chance, je suis tombée sur un gourmet, il y avait bien une explication à son abondante présence. Je l'ai découverte sur une photo où il pavoisait, le bras passé autour de l'épaule d'une toque triplement étoilée. Je me suis engagée sur ce terrain bien connu et nous nous sommes retrouvés à discuter gastronomie, à nous recommander mutuellement telle table en vue, à déplorer telle tendance culinaire, jusqu'à ce que je lui propose de venir goûter mes spécialités. Il mangerait aux frais de la princesse et, en retour, m'aiderait à réaliser mon rêve maternel. Nous avions trouvé les termes symétriques de l'échange idéal, lui remplir la panse pour qu'il me comble l'utérus. Il allait donc me prescrire les ordonnances de stimulation ovarienne préalables au protocole de fécondation in vitro qui me permettrait ensuite d'aller trouver, au loin, de quoi féconder mes ovules fleurissants.

Conseillée par Corinne, qui avait décidé qu'elle m'accompagnerait dans cette aventure comme elle m'avait accompagnée dans toutes les fêtes et tous les voyages, j'ai décidé que ce serait Barcelone, une ville joyeuse où nous avions passé quelques chauds étés de la jeunesse. Pas question d'aller se geler les miches à Oslo ou à Helsinki, pas envie non plus de m'infliger la cuisine anglaise, encore moins la morgue hollandaise. L'Espagne donc, et tant pis si El Bulli avait fermé.

En salle d'embarquement, pour la première tentative, nous avons souri de constater que nous passions pour un couple de femmes. Nous n'étions pas les seules et les regards que nous échangions avec les autres binômes étaient chaleureux. Cela plaisait à Corinne de faire comme si. Je sais qu'elle aurait bien aimé que nos corps se connaissent d'aussi près que nos âmes. Elle avait tenté sa chance, par un soir d'ivresse qui n'avait mené aucun homme dans nos lits, sans succès, notre amitié était trop précieuse. Dans l'avion, elle posait sa main sur ma cuisse, me volait un baiser dans le cou, ravie de ce simulacre qui l'excitait. Je l'ai laissée faire. La première fois, pas la seconde. Parce qu'il y en a eu une seconde. Paris-Barcelone, Barcelone-Paris, Paris-Barcelone, Barcelone-Paris, ensemble nous avons fait deux allers-retours, autant d'essais, autant d'échecs.

Il s'est avéré que j'avais la plus grande peine à produire le nécessaire vital. Mes ovaires avaient péniblement bourgeonné, puis expulsé par maigres salves les follicules matures. Les médecins avaient dû donner le meilleur d'eux-mêmes pour obtenir des embryons qui, une fois transférés par paires, s'étaient empressés de dépérir. Verdict : faible réserve ovarienne, ovocytes défaillants, un seul recours, le double don. Passé le choc de l'annonce, je me suis rendu compte que cela m'importait peu finalement d'être la mère biologique. Ce que je voulais, c'est être mère, point. J'ai même pensé que ce serait une bonne chose de ne pas transmettre mon capital génétique et son lourd fardeau d'hérédité maternelle. Voilà comment il s'est trouvé qu'un beau jour du mois de mars, sous l'œil indifférent d'un microscope immaculé, un spermatozoïde anonyme a été introduit dans un bel ovocyte lui aussi sans nom. Fusionnés puis démultipliés, ces gamètes incognito ont été transférés dans mon ventre impatient et j'ai recommencé d'espérer.

Pour cette fois que je voulais la dernière, j'avais décidé de rester trois pleines semaines à Barcelone et de partir seule. Corinne a compris, c'est elle qui m'a donné cet excellent conseil d'y aller en laissant derrière moi tous mes espoirs, en abandonnant jusqu'à l'idée même de l'enfant. Prendre des vacances, suspendre mes attentes, vivre les minutes les unes après les autres, sans jamais anticiper les suivantes. J'ai toujours trouvé un peu suspect le temps qu'elle passe à se contorsionner sur un tapis de caoutchouc violet, mais j'aime assez la philosophie qu'elle en déduit peu à peu, ce souci du moment présent, cette insistance sur la beauté des choses que l'on a, l'oubli de celles que l'on n'a pas. Je crois que c'est l'indolence que j'ai mise dans ces heures égrenées au soleil et le plaisir que j'en ai pris qui ont infusé mon corps et généré la vie. À rebours des recommandations anxiogènes, j'ai beaucoup marché, j'ai beaucoup mangé, j'ai même bu du vin. Chaque matin, je descendais prendre un café et m'empiffrer de croissants à la crème. Chaque jour, je partais en exploration, sans but mais non sans joie.

C'est au détour de l'une de ces balades que j'ai rencontré l'ange annonciateur. En haut d'une colline opaline, je suis tombée en arrêt devant un petit personnage puéril posté dans le soleil. Sa grosse tête aplatie, ses yeux écarquillés, son corps ovoïde doté de petites nageoires et, au milieu, lustré par des milliers de mains, un sexe masculin joyeusement dressé. Je suis restée une heure entière assise face à lui, à l'interroger du regard, à attendre un sourire que l'absence de bouche empêchait, et puis je suis repartie, persuadée que j'attendais un garçon. Neuf mois plus tard, ou à peu près, Ève est née, fruit miraculeux de la rencontre fortuite de deux cellules offertes et d'un désir d'amour inouï.

Je tremble d'impatience en pensant à sa fête, la présenter au monde dans cette adorable petite robe blanche qui lui va si bien, et annoncer cette grande nouvelle : elle aura un père, un père sans statut ni registre, un père intime ! Greg a accepté, sans une seconde d'hésitation. Il sera dans sa vie aussi important qu'il l'a été dans la mienne, avec toute sa force confiante, toute sa bienveillante douceur. Comme il fallait s'y attendre, cela a mis la gorgone en furie. Depuis, elle fulmine, elle fustige. Mais elle pourrait bien s'immoler par le feu en signe de protestation que je ne changerais pas un détail à mon utopie de famille.

Corinne

La faible lumière qui s'immisce entre les pans des rideaux annonce un temps couvert, pluvieux peut-être. Les contours de ma chambre se précisent, je distingue ce décor familier qui devrait être un réconfort, couleurs apaisantes, matières affectueuses, photos souriantes, toutes choses grises et vaines dans l'indétermination du matin. J'ai laissé mes vêtements au sol, là où ils sont tombés après mon chancelant déshabillage, à sautiller sur un pied, pathétique oiseau agrippé à mes collants qui s'étiraient sans fin. Seules mes bottines écarlates conservent un semblant de dignité, dressées sur leurs talons, côte à côte, les pointes convergeant en un élégant strabisme. J'ai hésité un instant avant de les acheter, saisie de cette inquiétude nouvelle qui me fait me demander si je peux encore, à mon âge, porter une jupe si courte, un pantalon si moulant, des chaussures si rouges. Le souvenir d'une autre paire flamboyante a levé mes doutes et réveillé l'envie de cette folle énergie qui m'animait quand, adolescente intenable, je courais la nuit dans les rues de la ville chaussée de santiags vermillon. Je pensais alors que je les porterais toute ma vie, qu'elles feraient de moi une aventurière magnifique, qu'elles me permettraient de franchir les obstacles les plus hauts comme elles m'avaient permis d'escalader les grilles du lycée dont les pointes s'enfonçaient dans les baskets de Stéphanie. Je ne sais pas ce qu'elles sont devenues, elles ont tout bonnement disparu. Pourquoi ne conserve-t-on pas les chaussures de sa jeunesse ? Pourquoi ne garde-t-on pas trace de celle que l'on était quand la joie se faisait habitude ?

Dans l'air flotte l'odeur du gaz carbonique alcoolisé que je continue d'exhaler, il se mêle à l'empreinte tenace des cigarettes fumées par poignées, tout cela ne se dissipera que lentement. Si accueillante hier soir, ma bouche est devenue un gouffre repoussant, le plus empressé des amants s'en détournerait en grimaçant. Mais d'amant, ce matin, il n'est plus question. Il y a quelques heures pourtant, lors d'un moment volé sous les toits, dans un lit emprunté que je ne reverrai jamais, j'étais en pleine félicité. Des mains parcouraient mon corps, elles étaient chaudes. Ma bouche jouait avec une autre, bruissante. Un sexe se pressait contre le mien, je m'ouvrais, je coulais. La râpe d'un menton remontait la chair de mes cuisses, une langue se glissait, un doigt s'enfonçait. Je gémissais. Au bord, tout au bord, je demandais à être emplie. Il m'emplissait et c'est moi qui le prenais, l'enserrant de toute la force de mon vagin palpitant. Je roulais des hanches, je menais la danse. Sous mes doigts, mes tétons s'érigeaient ; au creux de mon ventre, l'onde vibrait. Son souffle me rejoignait, mon prénom murmuré. Je me dissolvais alors dans le jus chaud de l'explosion. Quelques secondes durant lesquelles nos deux vies fusionnaient en une très fugace et illusoire béatitude.

Je m'efforçais de savourer la suspension incrédule qui suit la jouissance en me retenant d'en mesurer les secondes, il y en aurait peu. Son bras lourd sur mes seins, sa tête collée contre la mienne, les bruits de la ville dans le silence de nos corps. Puis nos cigarettes allumées et la conversation paisible, intime, qui s'étirait dans la fumée. Nous nous connaissions vaguement, collègues éloignés que les réunions de fin d'année rapprochent. Je savais les enfants qu'il avait, la femme qui l'accompagnait, le livre auquel il travaillait. Nous nous sommes aventurés un peu plus loin, avons parlé de villes où terminer de vivre (Naples pour lui, Saragosse pour moi, qu'importe, nous ne vieillirions pas ensemble), exhumé des regrets insuffisamment enfouis, évoqué nos projets respectifs, les siens si vifs, me semblait-il, les miens si mornes en comparaison.

Au bout de ce tendre échange qui ne deviendrait un souvenir que pour moi, l'élastique du temps a claqué. « Tu veux prendre une douche ? » Je me suis levée d'un bond, comme si je n'attendais que ça, m'asperger rapidement sous un jet trop chaud dans une salle de bain trop bleue, m'essuyer d'une serviette humide. De retour dans la chambre, je ne le retrouvais pas. Posté dans l'embrasure de la porte, son jean renfilé, son beau torse toujours nu, il avait été arrêté dans son élan vestimentaire par une angoisse soudaine, vérifier ses messages, espérer qu'elle ne l'avait pas appelé. Le visage luisant, les yeux plongés dans le rectangle d'une existence dont il regrettait déjà de s'être écarté, il n'était plus avec moi. Je me rhabillais vite et sans un mot, concentrée sur l'effort à faire pour paraître légère, pour dissimuler la souffrance de mon illégitimité. J'étais une entorse, l'exception qui confirmait sa règle conjugale, il me fallait donc accepter et la dissimulation et la séparation et le silence sans fin qui s'en suivrait.

Immobile telle une gisante – d'où me vient cette habitude, quand je dors, de me tenir les mains posées sur la poitrine, jambes serrées et tendues comme dans un sarcophage ? –, je refuse d'ouvrir les yeux. J'attends que se dissipe la torpeur de ma nuit sans rêves, laissant le cours de mes pensées me soustraire au vide nocturne. Il fut une époque où je pouvais rouler sur le côté et venir me plaquer contre la chaleur d'un dos aimé ; je plongeais dans les plis ronds du cou, respirais, aspirais l'air odorant qui s'y trouvait coincé, embrassais la peau jusqu'à ce qu'un geignement faussement contrarié me signale qu'on ne dormait plus. C'était alors le délice des peaux qui se mêlent, des yeux qui s'approuvent. Je me contente de ce vestige, car d'amour, ce matin, il n'est pas question non plus.

Mon front résonne de battements pénibles, je sais qu'au premier mouvement la douleur se fera intolérable. Je ne bouge pas, nourrissant l'espoir vain d'une dissipation, comme si je pouvais par la seule force de ma volonté extraire le rhum si mal arrangé du flux de mon sang cadencé. Il va falloir émerger pourtant, doucement me redresser, pivoter et poser les pieds à terre, marquer une longue pause, le temps que mon corps malmené se fasse à nouveau à la verticalité de sa condition, le temps de laisser le vertige et les pulsations s'apaiser de concert. Assise là, frissonnante, je regarde mon ventre, déjà relâché sans jamais avoir été gros. Je fixe ces petits plis nouveaux au-dessus du nombril, drôle d'endroit pour des plis, injuste surtout pour une peau qui ne s'est pas tendue, qui n'a pas gonflé comme un ballon au risque de craqueler. Je contemple mes seins, mes seins moins fermes dont les tétons pointent vers le sol et que j'ai du mal à reconnaître. Je n'ai pourtant jamais senti monter le lait, je n'ai pas auréolé mes chemisiers, je n'ai pas changé de taille de soutien-gorge. Mes seins sont malgré tout devenus inutiles, mous et pathétiques.

Me lever enfin et me transporter jusqu'à la cuisine où je trouverai les fabuleux cachets orange qui, avalés par deux, feront disparaître la cavalcade cérébrale. Les mains serrées autour d'une tasse brûlante, je regrette un court instant de n'avoir pas accepté le petit chat gris que m'offrait la voisine. Ses yeux bleus m'imploraient pourtant, sa petite tête inclinée par l'inquiétude d'être au monde si démuni, ses adorables pattes chaussées de blanc, une boule de tendre supplication. J'ai hésité devant tant de mignonnerie. J'ai imaginé sourire de ses miaulements affamés, je l'aurais caressé en lui promettant sa pâtée, je me serais préoccupée de ses disparitions. Mais j'ai résisté, j'ai renoncé à faire entrer ce pseudo-compagnon dans ma vie et c'est une bonne chose. J'ai résisté en me remémorant la remarque moqueuse, dégoûtée même, « fille à chat », dont Greg qualifie systématiquement toute quadragénaire esseulée. J'ai résisté et me trouve maintenant à devoir, sans faillir ni m'apitoyer sur moi-même, continuer de pédaler pour avancer dans le ronron de ma vie.

Devant la glace, je mesure les efforts qu'il va me falloir fournir pour transformer cette misérable outre vide en belle femme pleine d'elle-même. Chaque jour j'accomplis cette métamorphose ; longtemps je l'ai fait avec bonheur. Les yeux bleus à noircir, les lèvres à empourprer. Quand il s'agissait encore d'une pratique interdite, j'adulais ces artifices qui faisaient la nique à l'âge tendre. Cachée dans un recoin du hall de mon immeuble, accroupie, un miroir de poche posé sur les genoux, je crachais sur le pinceau avant de touiller la barre poudrée d'eye-liner et d'étirer cette ligne sombre qui, pensais-je, me vieillissait. Je couvrais ma peau d'une poudre trop claire, fardais ma bouche d'un rouge trop sombre. J'enfonçais le pull qui gratte au fond de mon sac, la parka grande ouverte sur un T-shirt à l'effigie new wave, je partais rejoindre Stéphanie qui m'attendait au coin de la rue, convaincue d'être alors devenue moi-même. Arrivée au lycée, je cherchais dans les regards des garçons la confirmation de cette beauté que personne ne m'avait encore dite.

Même rituel le soir, dans le plus grand secret, avant d'aller retrouver la troupe déjantée dont j'avais fait une famille. Investir la maison-pub, y boire mille bières colorées de Picon jusqu'à ce que la cornemuse fatale nous pousse dehors. On s'entassait alors dans des voitures qui parvenaient on ne sait comment devant cette boîte de nuit aux prétentions de club privé dont tout un territoire dépendait. La nuit se poursuivait là, avec Stéphanie que je présentais comme ma sœur jumelle, à danser les yeux fermés au milieu des mâles fatigués en quête de chair fraîche et des héritiers de province que nous nous amusions à chauffer sans jamais rien leur donner. Parfois, l'un d'entre eux, un peu moins con que les autres, un peu plus drôle surtout, parvenait à me séduire, et j'acceptais alors de le suivre. Je n'ai aucun souvenir de ce que nous avions fait après que j'ai vomi dans les rosiers maternels, seulement celui de cette légère panique qui me saisissait au réveil quand je cherchais en vain à me remémorer l'endroit où je me trouvais et l'identité de la masse qui ronflotait à côté de moi.

Je rentrais en galopant à la maison, effaçais sous la douche ces vagues impressions, puis partais en cours où je passais la matinée à dormir derrière la mèche dont j'entretenais la longueur à cet effet.

Il en est allé ainsi longtemps. Des fêtes et des corps en série qui ne modifiaient jamais le projet que j'avais d'être moi. J'enchaînais les enthousiasmes dont je pensais, à chaque fois, qu'ils allaient déterminer mon avenir : l'art contemporain tendance Nouveau Réalisme, le militantisme anti-fasciste, la musique électronique, la sociologie critique, la danse africaine, chacun de ces adjectifs s'incarnant dans un homme, jeune ou vieux, pygmalion ou compagnon. C'était en fait ma seule vraie passion. Être aimée des hommes, ces hommes qui me disaient que j'étais belle, qui me serraient dans leurs grands bras, qui me faisaient l'amour, ces hommes que je quittais. Ils se succédaient, oui, mais leurs départs n'étaient que des promesses, un autre allait surgir et, avec lui, un nouvel espoir. J'ai bondi joyeusement de sourires en sourires, j'ai joui de caresses en caresses, j'ai aussi aimé, vraiment, et j'ai été aimée, vraiment. Et puis la machine s'est peu à peu enrayée, il y a eu des moments vides, il y a eu l'attente, il y a eu la solitude.

Pendant des années, j'avais pu m'épargner de réagir aux empressements de la gent masculine, le regard lointain et le menton tendu, affichant une posture que je croyais désinvolte. Pendant des années, j'avais pu ignorer les têtes qui se dévissaient, snober les grigous qui bavaient sur mon passage. J'étais jeune et belle, ils n'étaient que des hommes, ils étaient si nombreux. Et puis, sans que je le décide, j'ai commencé à guetter leurs réactions. Voilà que désormais je prends conscience de chacun de leurs regards appuyés, de chacun de leurs compliments formatés. Voilà que désormais je leur adresse une moue aimable dès lors qu'ils me témoignent un soupçon d'intérêt, ne serait-ce que d'un demi-sourire en prenant ma commande. Je vois bien que l'intervalle de temps séparant ces amers moments de narcissisme s'allonge et je pressens qu'un jour, pas si lointain, ils auront disparu. Quelle femme reconnaît le dernier homme qui l'aura désirée des yeux ? Comment savoir que tel baiser aura été l'antépénultième ? Telle verge l'ultime ?

Nicole, la mère de Stéphanie, m'a dûment prévenue devant sa fille consternée : un beau matin, on se réveille et on n'est plus une femme, on est devenue et on restera le souvenir d'une femme. C'est si soudain, a-t-elle ajouté la gorge serrée, c'est si violent que l'on en reste un temps figée d'incompréhension. C'est ensuite la colère du refus, le déni de la péremption, et enfin la triste résignation. Toute une vie sans y penser, on a couru le monde, récoltant baisers et gestes fous, et presque du jour au lendemain, plus de bouches, plus de folie. Mon souffle se suspend à l'idée de cette béance, parce que je sais, je sens, que j'y vais tout droit.

Vais-je ressembler à cette vieille dame arc-boutée sur les vestiges de sa splendeur passée ?

Ne cessant de réclamer ce que plus personne ne veut ni ne pense même lui donner, minaudant quand on la félicite de la robe qu'elle a tenu à vous faire remarquer, cette mine de petite fille qui sait qu'elle ne devrait pas s'habiller comme une grande, mais qui aime tellement ça. Et cet abominable bec pulpeux qu'elle arbore depuis qu'elle a passé la soixantaine, aveugle à l'énormité de l'artifice qui provoque l'exact contraire de ce qu'elle en espère, du dégoût. Stéphanie en est malade de honte. On s'est promis l'une à l'autre qu'on laisserait les années tranquillement imprimer leurs marques sur nos visages, sans recourir ni à la chirurgie ni même aux crèmes dont le miracle réside surtout dans le fait qu'elles se vendent si cher et par millions. Facile à dire quand les anniversaires ne sont que des fêtes… Et puis Stéphanie s'en moque bien maintenant, du temps et de ses ravages, plus rien ne compte que les grands yeux de sa fille, plus rien n'existe que cette douceur par effraction. Moi je n'ai pas de lac aimant où plonger, personne pour confirmer que je demeure aimable par-delà le passage des ans, aucune caresse quotidienne venant effacer les fameux outrages. Moi, il me faut affronter seule l'entrée dans la zone d'inconfort qui précède la zone de relégation.

J'ai beau répéter mon sankalpa, « je suis une femme libre et heureuse de l'être », à chacune de mes séances de yoga et dès que la vie m'offre un rayon de beauté, je ne l'éprouve pas. Quand, après avoir monté mes fesses au ciel, tordu mes bras crochetés et tenu mes jambes en l'air, je me retrouve allongée sous la couverture, dans la détente des muscles abandonnés, une voix douce guidant mon esprit vers l'oubli de moi, je tente sans y parvenir jamais de faire mienne cette résolution. Je me focalise sur l'air qui entre et sort de mes narines, je visualise son trajet le long du tube transparent empli d'une lumière bleue pailletée censée remplacer ma colonne vertébrale, je me concentre sur la lente énumération des parties de mon corps, rien n'y fait. Mes pensées têtues résistent, qui me disent que je vieillis, qui me disent que je suis seule, qui me disent que je le resterai. Parfois des larmes s'échappent du coin de mes yeux fermés et coulent sans que je les retienne, personne ne les voit.

Me laissant porter par les marches mécaniques que je m'étais pourtant juré de toujours grimper en courant, je me retrouve plantée derrière trois femmes que je range immédiatement dans la catégorie « fraîchement ménopausées ». Elles sont rigoureusement identiques : même coupe courte vaguement frangée, même pantalon trois-quart recouvrant un robuste mollet bronzé, mêmes vêtements colorés et pratiques, même maquillage maladroit, un peu de rose fuchsia, un peu de bleu turquoise. Voilà, elles ont résolu la question en ne s'en posant pas, elles font au plus simple, elles se copient les unes les autres, achètent les mêmes promotions, fréquentent le même coiffeur. Je fais semblant de les envier, je fais semblant de croire qu'un jour moi aussi j'afficherai la paisible contenance que donne l'invisibilité propre aux quinquagénaires. Moi qui prends soin d'harmonieusement désassortir le vernis de mes ongles de main d'avec celui de mes ongles de pied ; moi qui dépense des fortunes dans des teintures sophistiquées sommées de camoufler mes cheveux blancs ; moi la menteuse qui ne passe pas une journée sans réfléchir à maintes reprises à l'image que je renvoie et à en vérifier les contours au moindre reflet.

Stéphanie m'accueille d'un sourire et, sans attendre les excuses banales que je donne à mon retard habituel, s'engouffre dans le hall de gare aux allures de magasin qu'elle a décidé de m'infliger. J'ai eu beau insister, elle n'a pas voulu aller chez la styliste qui me donne cette allure singulière que je crois être la seule à arborer. Il va falloir fouiller des heures durant les portants dégoulinants, répondre à des dizaines de « bonjour mesdames », endurer la lumière zénithale qui réveillera ma migraine. J'avoue ne pas comprendre, elle qui se moque comme de sa première culotte des fantaisies de la mode, elle que j'ai dû voir deux fois en jupe, la voilà qui papillonne et s'extasie, étonnamment heureuse d'être là. Je la suis et saisis assez vite son obsession : du blanc, elle veut s'habiller en blanc ! Ce n'est pourtant pas son mariage ? !

Tout ça pour repartir avec une chemise on ne peut plus classique et un pantalon tout aussi immaculé qu'elle ceinturera d'une fine cordelette écrue. Seule nouveauté, et seul amusement pour ce qui me concerne, la paire de sandales à plate-forme dont nous nous achetons chacune une version, la sienne jaune, la mienne rouge, on ne se refait pas ! Quoi qu'il en soit, elle ne le sait pas encore, mais je crois bien que je ne viendrai pas à sa fête. Je n'en aurai pas la force. C'est triste mais cette petite fille arrivée de nulle part nous a séparées. Des années à tout partager pour un point final de trois kilos de chair rose. Oui, c'est triste…

J'ai cru un temps que nous pourrions vivre ensemble cette nouvelle aventure, je m'y suis même engagée avec elle, je lui ai tenu la main dans l'avion, dans la salle d'attente. Je l'ai serrée contre moi quand elle est revenue, deux fois, lestée de quelques cellules, à nouveau quand le sang a coulé pour dire, deux fois, qu'elles ne s'étaient pas installées. J'ai essuyé ses larmes et lui ai alors donné toute ma tendresse. Pour la troisième et dernière tentative, je l'ai laissée y aller sans moi, je n'en pouvais plus de sentir ce vide qui se creusait entre nous et que remplissait son rêve de maternité. Je ne sais pas ce qui s'est passé durant ce séjour en solo, elle est rentrée transfigurée ; c'était bien plus que la joie de sa grossesse miraculeuse, une transformation de tout son être. Je ne l'ai plus jamais reconnue.

La retrouver radieuse, entourée de ses sœurs, au milieu de nos amis, tout ce cirque qu'elle a organisé pour que ce soit parfait, pour que chaque chose ait un sens, je ne le supporterai pas. Voir

Greg se rengorger de sa nouvelle paternité, cadeau insensé qu'elle lui a offert, mais au nom de quoi ?! Pourquoi lui dont les choix de vie excluaient toute perspective familiale ? Pourquoi pas moi ? Entendre la petite troupe militante, Kenza en tête, parler de droits procréatifs et célébrer les « nouvelles » familles, tellement plus saines et plus heureuses que les autres… C'est au-dessus de mes forces ! Et ce bébé, cette adorable enfant, pourrai-je la prendre dans mes bras sans défaillir ? J'ai peur que mes jambes tremblent, j'ai peur de recevoir ce bonheur en pleine face et que ma vie devienne une tragédie pour de bon.

Lucie

Julien m'avait pourtant promis que ça ne traînerait pas, qu'ils regarderaient le match en grignotant un morceau et que tout le monde rentrerait ensuite chez soi. Mais non, il a fallu fêter la victoire, boire encore quelques bières et se congratuler, comme si ces trois énergumènes un peu bedonnants étaient les auteurs des essais flamboyants. Je suis fascinée par le décalage entre son engouement pour le sport par procuration et la mollesse de son investissement physique quotidien. Il ne prend de vélo qu'électrique, ne joue au ballon qu'avec des enfants de cinq ans, ne peut passer de soirée sans engloutir un assortiment de charcutailles labellisées et de bières brassées localement. Il a trente-cinq ans et on devine déjà la silhouette du quinquagénaire qui aura lâché l'affaire. Pendant ce temps, je sors courir à l'aube, je me tartine de crèmes de perlimpinpin, j'évalue les calories de la moindre bouchée avalée. Ça ne semble pourtant poser de problème à personne, ces hommes qui font sereinement du gras pendant que les femmes le pourchassent implacablement.

Julien est donc resté à picoler avec ses potes jusqu'à deux heures du matin. Je dormais profondément quand il est venu s'affaler à mon côté pour aussitôt sombrer dans un sommeil sonore. Une fois sortie du mien, il m'a fallu du temps pour apaiser les pensées contrariées que rythmaient ses ronflements. Insouciance, flemme, nonchalance, il me semble que la liste des attributs qui disent son rapport totalement décontracté au monde n'a pas de fin. C'est un choix existentiel, dit-il, le primat de l'immatériel, le refus de la performance, le rejet des normes productivistes. Pas de patron, pas d'horaires, pas de contraintes. Julien n'avance pas dans la vie, il y flotte comme un grain de pollen se laissant porter vers la prochaine prairie, sans la connaître, sans même l'espérer. Il pense être léger, mais tout cela pèse bien lourd en réalité et ce poids, c'est moi qui le porte, en me souciant pour deux, en me démenant pour quatre.

Me voilà de nouveau prête à soulever ma charge. Il est sept heures trente, je me suis lavée, habillée, maquillée, parfumée, ornée avec un peu plus de soin que d'ordinaire. J'entre doucement dans la chambre de Lola et Garance, j'ouvre les rideaux et murmure « c'est l'heure, les zouzous, c'est l'heure », quelques doux bisous dans la nuit de leurs cous et je les quitte avant le branle-bas matinal. Ce ne sera pas facile pour Julien que j'ai réveillé sans un baiser ce matin et dont la trogne plissée annonce une belle gueule de bois. Peu m'importe, je m'en vais l'oublier et même plus que l'oublier ! Le contraste entre sa morne journée et la mienne, si excitante, cet écart qui restera ignoré, cela me réjouit au plus haut point.

Avant que tout ne commence, je m'arrête boire un café. J'aime ce moment, le seul où je serai seule. Debout au bar, je lis rituellement mon horoscope. « Vous avez des envies d'évasion, une rencontre pourrait les combler. Uranus, la planète de la surprise, s'étant installée dans votre septième maison, vous pourriez être étonnée par le tour que prendra votre vie amoureuse. Il y aura des étincelles dans l'air ! » Laurence se moque de moi, comment une fille aussi sérieuse et rationnelle peut-elle prêter tant d'attention à ces sornettes pour midinettes ? Je ne sais pas, je ne comprends pas moi-même, mais je ne peux m'en passer. Mon double expresso commandé, je mémorise les prédictions du jour dispensées par cette fameuse astrologue américaine à laquelle je suis abonnée ; avec des millions d'autres, je me délecte de ces quelques lignes qui semblent ne s'adresser qu'à moi. Aujourd'hui encore, elle tombe juste, mon cœur palpite, je ne suis qu'impatience. Un sourire sans doute niais aux lèvres, je télécharge ensuite les articles que je lirai sur le trajet et m'engouffre sous terre.

Automatisme matinal, consulter les messages qui m'ont été laissés hier soir, certains même cette nuit. Je fais le point sur les urgences du jour, trop nombreuses, et liste les tâches, trop denses, qu'il va me falloir accomplir. Puis je me lance. Premier coup de fil, une cliente doit me donner les informations que j'attendais pour répondre aux conclusions de la partie adverse. Elle s'étend, délaye, multiplie les détails. Cette conversation, ce sera sa grande affaire du jour, un micro-événement pour moi, une demi-heure pour toutes les deux. Lorsqu'elle raccroche enfin, je passe au point suivant, véritable corvée que je ne peux plus esquiver : rappeler ma mère qui me harcèle depuis hier.

Une tasse de thé vert brûlant en guise de fluide antalgique, je me prépare. Je ferme les yeux, je visualise les meubles et les objets qui m'entourent, les enveloppe par la pensée, puis je me glisse en dehors jusque dans la rue que j'englobe, je flotte au-dessus de la ville, l'embrassant tout entière. Je repère sa rue, son immeuble, sa chambre, le lit sur lequel elle trône, et je l'intègre alors dans ma sphère de sérénité. C'est une technique que j'ai apprise lors de mes préparations à l'accouchement : créer une zone haptonomique, une énorme bulle où les êtres et les choses se tiennent ensemble et se soutiennent, un espace harmonieux dans lequel la douleur peut alors être diffusée, partagée, atténuée donc. Ne pas rester repliée sur sa souffrance, ne pas perdre le contact avec le monde, se répandre pour ne pas condenser la peine ni bloquer le souffle. Toute la difficulté, c'est de maintenir ensuite cet équilibre par-delà les assauts des contractions ou le tranchant des mots.

Je suis d'humeur joyeuse et il va lui falloir cogner vraiment fort pour me faire perdre mon sourire. « Ma pauvre maman, quelle histoire, comme tu as dû souffrir… » J'ai adopté depuis longtemps cette posture d'apparence empathique qui lui donne raison, toujours, et qui me permet d'échapper à ses missiles. « Je suis tellement désolée de n'avoir pas pu venir, mais j'ai pensé fort à toi, as-tu reçu mes fleurs ? » Elle n'y arrive pas, elle ne peut pas m'atteindre. Ma stratégie est victorieuse, elle finit par changer de cible et c'est Stéphanie qui fait alors les frais de son ressentiment. Ingrate Stéphanie qui s'obstine dans son projet contre-nature, qui lui inflige la honte de ce qui ne peut pas se dire, l'horreur d'une pseudo-famille construite autour d'un bébé-OGM. Elle vitupère, je ne l'écoute plus, je me concentre sur les feuilles vert anis qui ondulent derrière la vitre. Je sais que l'air est doux et je l'imagine caresser mes joues, soulever ma jupe, j'en aurais presque des frissons. Ma mère finit par se lasser de déverser son fiel sans relances, je m'apitoie une dernière fois sur sa vie et raccroche, mon devoir de vilaine fille accompli.

Se remettre au travail sans tarder, une audience correctionnelle cet après-midi, peaufiner ma plaidoirie et anticiper. Si je pouvais ne faire que ça, ma vie professionnelle serait un rêve. Chercher les arguments imparables, dénicher les arrêts adéquats, ciseler les formules, trouver la faille de l'adversaire. Mais je suis fébrile aujourd'hui, les mots ne me viennent pas facilement, mes pensées printanières ne lâchent pas prise. Il est bientôt midi et je n'ai pas fini. Je ne vais pas avoir le temps de déjeuner, je mangerai un sandwich sur le chemin du tribunal.

Lorsque je m'annonce à l'huissier, j'apprends qu'il y aura plusieurs affaires avant la mienne, mon tour n'est pas proche. J'appelle ma cliente pour la prévenir que l'attente sera sans doute un peu longue et j'en profite pour aller régler quelques problèmes en suspens. Je me casse le nez, le greffier qui doit signer l'attestation de fin de mission demandée il y a cinq mois est absent. Si j'avais une grosse voix ou ne serait-ce qu'une barbe, je suis certaine qu'il ne me ferait pas tant lambiner. Dans le couloir qui me ramène à la salle d'audience, j'aperçois soudain Alexandre, je me liquéfie, me redresse pourtant, tente un rictus que j'imagine professionnel mais complice en m'efforçant d'ignorer l'accélération des battements de mon cœur. Je tente de faire comme si de rien quand la passion pulse dans mes veines et jusque dans mon sexe humide. Toutes mes pensées se dissolvent, le désir me submerge.

Dix-huit mois qu'il l'attise, qu'il nourrit mes fantasmes, qu'il m'obnubile, et me voilà pantelante, le souffle court, le ventre brûlant, prête à m'offrir à lui. Il m'a rendue folle, littéralement folle, à perdre toute décence, à oublier toute promesse. Les mots et les photos échangés en pagaille dans le secret du monde virtuel m'ont chauffée à bloc. J'ai adoré me dévoiler, me livrer, jouir de lui à distance. Je crois qu'il en était dingue lui aussi, à prendre son sexe en photo sous tous les angles, à exhiber son torse fin et musclé, à m'exciter de ses demandes toujours un peu plus audacieuses. Mais, quand il a été question d'y aller pour de bon, plus personne, trois rétropédalages de dernière minute, trois messages piteux dans lesquels il me disait que, non, vraiment, ce n'était pas possible, c'était folie, il avait trop de scrupules, il avait peur d'avoir des regrets – délicate précision –, il redoutait les conséquences. Mais n'était-il pas déjà infidèle ? N'avions-nous pas déjà maintes fois fait l'amour, même si de loin ? N'avait-il pas produit mille preuves de sa soif de moi, détaillé mille façons qu'il aurait de me faire exulter ? Et puis les choses étaient claires, pas de « relation », pas question de mettre nos couples en danger, il ne s'agissait que de plaisir. Alors quoi ? !

Plantée là, trois fois, dans ma faim dévorante de lui, à ravaler ma peine en me demandant ce que j'avais bien pu faire pour susciter ces reculades en série, à me jurer chaque fois qu'il ne m'y reprendrait pas, qu'il allait se languir désormais, m'espérer à en crever. J'y suis pourtant revenue et revenue encore, et encore. Je lui ai pardonné, j'ai contenu puis oublié ma colère, et j'ai recommencé. Aimantée, je ne voulais qu'éprouver l'attirance magnétique qui nous poussait l'un vers l'autre. Combien de fois me suis-je caressée en catimini, à mon bureau, entre deux rendez-vous, au Palais de Justice même, la culotte sur les chevilles, les yeux rivés sur le petit écran à fixer bouche ouverte la coulée blanche qui glissait le long de sa verge glorieuse… Combien de clics empressés à aller chercher les gages par l'image de son envie de moi, celle que je m'efforçais d'entretenir de tout mon corps et par tous les moyens.

Combien de déceptions aussi, de sanglots étouffés, d'injures de dépit. Et cette déprime lancinante que nourrissaient ses lâches renoncements, quand la tristesse recouvrait tout et que je devais absolument m'efforcer de la dissimuler. Qui aurait pu comprendre ? Je n'en ai même pas parlé à ma meilleure amie, impossible de lui imposer le scandale de mon infidélité virtuelle quand elle se désole de n'avoir pas encore trouvé l'homme de ses rêves. Il était évidemment hors de question de me confier à Laurence, l'adultère est le drame de sa vie… Seule Stéphanie pouvait l'entendre, mais j'ai rapidement dû prétendre que l'histoire était finie, les dérobades d'Alexandre l'exaspéraient. Elle disait que j'étais sa chose, toujours disponible quand lui décidait du moment de nos échanges, exigeant tout de moi avant de me jeter comme un couard misogyne qu'il était. Si je pose cette histoire à plat, là devant moi, à distance, j'en reste abasourdie et honteuse. Moi, maîtresse humiliée, femme dépendante, corps avili ?! Comment ai-je pu accepter un tel asservissement ? Comment ai-je pu devenir si malléable ? Mais, aujourd'hui, c'en est terminé de ses atermoiements et de ma patiente soumission ! Aujourd'hui, je l'attends de sexe ferme ! Je me le suis juré, cette fois-ci, s'il ne se saisit pas de moi, s'il ne me comble pas, je l'abandonne pour toujours à ses branlettes narcissiques et à son insipide sexualité conjugale !

Alexandre m'a aperçue, il me fait un petit signe, se penche sur son téléphone-organe, relève la tête, me sourit, puis se détourne et s'éloigne. Une vibration, mon cœur s'affole. Je lis son message en apnée : « Je t'attendrai à 18 heures là où tout a commencé. » Je crois bien qu'il s'est enfin décidé, je crois bien que nos corps vont enfin jubiler de concert. Ses mots m'assaillent. « Je vois tes lèvres, je vois mes lèvres s'y déposer, nos langues s'effleurer, se caresser. Un désir irrépressible. » « Coller mon torse contre tes seins. Les lécher, les effleurer lentement, les prendre à pleines mains. Te voir t'abandonner à moi. » « Sentir la chaleur de ta bouche autour de mon membre. Que tu en fasses ce que tu veux. Sentir que tu as envie que je le mette en toi. Durcir encore. » « Te faire l'amour, te faire jouir en te regardant dans les yeux, que tu ne sois que spasmes et jouissance. » Je pourrais réciter certains de ses messages comme des poèmes, et Dieu sait qu'ils n'en sont guère...

Je fais irruption dans la salle du tribunal telle une boule incandescente. Il va me falloir transformer ces radiations sexuelles en énergie oratoire, c'est un peu un comble en l'espèce, mais pourquoi pas ? La raison ne peut pas tout, je vais faire avec le bouillonnement qui m'anime pour mener le combat. Mon désir franc et libre opposé à la concupiscence gluante et à la violence, oui, pourquoi pas ?

C'est très bientôt mon tour, il ne reste que des confrères plus jeunes que moi, les traditions ont parfois du bon, honneur aux anciennes ! Mais celui auquel je vais succéder n'en finit pas de gloser. Ce plaisir que prennent certains hommes à s'écouter parler me fatigue. Et je tourne et retourne mes phrases, et je multiplie les adverbes, et je brandis les adjectifs. Mais ce n'est pas au poids ! Vous n'êtes pas filmés ! Rien à faire, effets de manche et poses théâtrales, le monsieur se rêve en procès d'assises, la salle emplie de journalistes, le public suspendu à ses lèvres. Bon, le juge tranche, il a perdu, quand je dis que ce n'est pas au poids.

L'huissier annonce enfin mon affaire. J'ai concentré toute l'ardeur érotique qui m'animait pour devenir une implacable lame juridique. Je n'ai plus qu'une obsession, entrer dans le vif, trancher, dépecer. À écouter l'avocat du prévenu qui s'imagine blanc comme un drap de lin au soleil, je sais, je sens que sa ligne de défense est fragile. Prétexter de son « tempérament latin » et de sa personnalité « très tactile » pour se dédouaner, ça ne passera pas. Deux années à subir ses remarques immondes, « viens là ma chatte, viens que je te retourne sur le bureau », « montre-moi tes seins, ma jolie pute », deux années à endurer ses gestes ignobles, toujours plus directs. Ma cliente n'aurait pas exprimé d'indignation ni ne l'aurait repoussé, assène le défenseur du cochon. La preuve en est qu'elle l'a laissé l'embrasser et la toucher, c'était une relation de séduction banale à laquelle elle ne s'est jamais soustraite. Bien sûr… on y croit tous.

J'entre dans l'arène et je dézingue, argument par argument, méthodiquement. Ce que vous devez savoir, c'est que dans une situation où l'homme possède, de par son statut ou ses fonctions, un ascendant manifeste sur la victime, le refus n'a pas à être explicite. Quand il y a du pouvoir, la passivité et le silence ne valent pas consentement. On ose parler de drague ?! Mais qui drague en glissant une règle dans un décolleté ou en mimant une fellation ? Et qu'on ne nous enfume pas avec des baisers ou des caresses quand il s'agit de contusions et de boutons arrachés ! Je rappelle que ma cliente pleurait chaque jour en se rendant au travail, qu'elle a dû être arrêtée à plusieurs reprises, qu'elle est sous antidépresseurs. Je détaille longuement tout ce qui lui a été pris, le sommeil, la tranquillité, la banalité de sa vie même. Je nomme et je caractérise, il s'agit de harcèlement et d'agressions sexuelles, des délits qui peuvent valoir jusqu'à cinq ans d'emprisonnement. Il écopera de six mois de prison avec sursis et de dix mille euros d'amende, son nom sera inscrit au fichier des auteurs d'infractions sexuelles. J'appelle ma cliente, elle s'effondre en sanglots, justice a été rendue, je ne suis qu'euphorie.

Je cours presque dans la galerie, puis ralentis, puis m'arrête. Prendre le temps, savourer, profiter de ces délicieuses minutes qui précèdent l'explosion. Je calme mon souffle et m'avance vers la porte du local syndical que j'ouvre lentement. Alexandre est là, il est là ! La tête penchée sur ses dossiers (tiens, je ne me souvenais pas de cette tonsure naissante), il la relève et me sourit (il a l'air fatigué, il est pâle, il est beau). Je souris à mon tour, embraye stupidement par le récit de ma plaidoirie, je parle vite, il ne m'écoute pas. Sans un mot, il se lève, vient fermer le verrou derrière moi. Je me retourne, nous sommes face à face, nous allons nous toucher, enfin... Ses mains entourent mon visage, il me dit qu'il n'a cessé de penser à ce moment (pas très sexy cette haleine de tabac froid) et m'embrasse presque d'un coup. J'ai du mal à entrer dans ce baiser trop fougueux, je me contente de le laisser faire. Ses mains deviennent folles, fouillent et agrippent ma chair. Il plonge sous le pull un peu ample que j'ai choisi à cet effet, mordille mes tétons à travers le tissu du soutien-gorge. Je guette mon désir, j'attends qu'il me submerge, en vain. Mes gestes sont mécaniques, ma respiration toujours inaudible.

Alexandre relève alors ma jupe et vient fourrager entre mes jambes (pourquoi si vite ? pourquoi si fort ?). Un bruit de pas le fait se redresser soudain et s'éloigner de moi. C'est idiot, la porte est fermée à clef. Quelques secondes à guetter et il y revient. Nouvel assaut, toujours en silence, seuls quelques halètements. Il écarte ma culotte, ses doigts entrent en moi (s'est-il lavé les mains ?). Je gémis, plus de surprise que de plaisir, sa précipitation m'étonne, me déplaît, je peine à ressentir quoi que ce soit. Je me reprends, il faut que j'y mette du mien, je n'attendais que cela non ? Je caresse son sexe à travers le pantalon, il est dur comme il se doit, je l'extirpe et m'agenouille pour le prendre dans ma bouche. Je ne sais pas pourquoi je fais ça. Je crois que je m'applique à dupliquer son ardeur, je m'accorde à son registre. Je ne sais pas s'il apprécie, je n'entends que les battements lents de mon cœur si piteux. Une nouvelle alerte sonore, un nouveau bond en arrière, puéril, le voilà qui se rajuste, riant nerveusement, l'air un peu hagard, un peu con. De quoi a-t-il peur ? À cette heure, il n'y a aucun risque... Ces interruptions brutales gâchent ce qu'il était encore possible de gâcher, rendant impossible d'éprouver quoi que ce soit d'agréable.

Nous y retournons pourtant. Dernier round. Encore une fois ses mains glissent sous ma jupe, attrapent mes fesses cette fois-ci et, sans autre forme de procès (ha ha ha), s'aventurent au fond de mon pli. Je le repousse d'un geste (pardon ? tu allais faire quoi là ? m'introduire un doigt dans le cul, comme ça, en passant ?). Je suis étonnamment calme, incrédule aussi devant ma réaction totalement contradictoire. Je n'ai pas envie de lui, je n'ai pas du tout envie de lui. Je n'aime pas son zèle, cette avidité inquiète, l'impression qu'il me donne de vouloir en prendre le maximum dans un minimum de temps et d'égards. Et cette curieuse disparition de la parole, son incapacité à me dire le moindre mot d'ardeur (je n'en attends évidemment pas d'amour) après m'en avoir abreuvée durant des mois. C'est ma voix qui résonne alors, coupant court à cette mascarade. Je lui dis que nous allons en rester là, que l'endroit n'est pas idéal, que nous ne sommes pas assez sereins pour jouir de nos corps.

Il me regarde un peu dépité, tente un geste que j'esquive. Je continue. N'est-ce pas dommage de clore ces mois d'intenses échanges érotiques par un rapide coup tiré à la va-vite la tête dans les affiches syndicales ? Ne serait-ce pas plus beau de pouvoir nous allonger, nous déshabiller, profiter longuement l'un de l'autre ? Il acquiesce, mais je vois bien qu'il se serait bien contenté, lui, d'une petite éjaculation faciale, sans songer ne serait-ce qu'un instant à mon plaisir, et je ne parle même pas d'un éventuel orgasme. Nous voilà tous les deux fâchés. Je renfile mon manteau, lui claque deux bises, ce qu'il trouve « trivial », et je pars en courant, à nouveau.

Dans le métro du retour, je rumine, je fulmine. Tous ces messages passionnés et ces compliments en chapelet qui lui disaient que je ne désirais que lui, que je me consumais pour lui. Toutes ces images de moi si régulièrement offertes, ces heures passées à réaliser avec soin des mises en scène solitaires avec force filtres et rognages destinés à faire de moi la femme la plus sexy du monde… Finito, basta cosi, j'arrête tout et je l'oublie. Ces rendez-vous chez l'esthéticienne, les jambes ouvertes à me faire arracher les poils à grands coups de bandelettes cirées, un supplice que je m'infligeais en souriant quand il s'agissait de faire de mon corps le lieu de ses fantasmes. J'y repense maintenant en retenant mes larmes. Julien n'y comprenait rien, il aime mes poils, il aime l'odeur de mon sexe. Je lui expliquais que c'était contre les mycoses, que c'était plus hygiénique. Il a gobé ce mensonge, n'a rien soupçonné. Mon amour. Je vais retrouver la toison odorante dans laquelle tu t'enfouissais en gémissant.

À peine la porte claquée, une bouffée me submerge, soulagement et tendresse mêlés. J'entends Lola qui chantonne, je sens l'odeur fromagée d'un gratin. Julien est penché sur le plan de travail de la cuisine, son couteau japonais en main, à ciseler des herbes choisies. Je me colle à lui, enserre son torse rond de mes bras, pose ma joue contre son dos et ferme les yeux. Il continue sa tâche régulière, nous écoutons ensemble le flux du monde en radiodiffusion, tout fout le camp, mais pour moi désormais plus rien ne bouge.

Garance se précipite contre nos jambes, tirant ma jupe, « maman, maman… ». Je lâche son père pour m'agenouiller et la couvrir de baisers. Elle sent l'amande douce. Elle m'attendait, elle ne voulait pas s'endormir avant que je sois rentrée. Je la porte jusque dans la chambre, la couche, la borde. J'embrasse Lola qui lâche son bouquin pour me faire un câlin et me dire son amour. Puis je m'assieds au côté de Garance. Je ne lis jamais d'histoires, elles le savent, le soir arrivé, je n'en peux plus de parler. Je fredonne de petits airs inventés en leur caressant le visage. Parfois je m'allonge et la berce de tout mon corps, comme Julien lorsqu'il venait caler son ventre dans le creux de mes reins et balançait l'enveloppe énorme où flottait l'enfant. Ses yeux se ferment, j'écoute son souffle pur qui efface tout.

Lola

J'ai pas piscine aujourd'hui, la prof est absente, trop contente. Pourtant j'adorais ça avant, j'étais toujours dans le groupe quatre, le groupe des meilleurs. Je suis un vrai poisson, comme papa qui est super fier de moi, maman elle flotte à peine, elle a peur de l'eau. Depuis cette année, je n'aime plus ça, la piscine. D'abord, je n'aime pas avoir les cheveux trempés qui sèchent n'importe comment, et puis je n'aime pas trop me montrer en maillot, ça me gêne un peu à cause de mes seins qui ont commencé à pousser. Océane a de la chance, elle a rien, elle reste plate comme une planche. Moi, j'ai demandé à maman de m'acheter des brassières, elle a un peu hésité, elle avait l'air de pas comprendre. J'ai dit que toutes mes copines en avaient et elle a été d'accord.

Je crois qu'elle a pas encore bien réalisé que je grandissais. Elle nous appelle encore ses bébés d'amour, Garance d'accord, mais moi, quand même ! Ça énerve papa, qui dit qu'il faudra bien qu'elle nous voie comme on est, plus des bébés quoi. Moi ça me dérange pas. J'aime bien quand elle me serre contre elle, surtout quand elle a un décolleté et que je peux coller ma joue contre sa peau. C'est si doux, ça sent si bon. Elle dit qu'un jour je ne voudrai plus de ses bisous, qu'un jour même je la détesterai. Comment elle peut penser ça ? Quand je lui ai dit que je la quitterai jamais, elle m'a répondu en rigolant qu'elle allait me faire signer un papier pour me le montrer quand je serai grande. Je veux bien moi.

Le soir, quand elle vient me dire bonne nuit, on joue au jeu de l'amour fou. Je prends son visage entre mes mains, je la regarde au fond des yeux et je lui dis « je t'aime plus que tout », elle m'embrasse le nez et me répond « moi je t'aime à la folie », je lui embrasse le menton et je dis « je ne pourrais pas vivre sans toi », elle m'embrasse les paupières et répond « je t'adore, tu ne sais pas comme je t'adore », je la serre fort contre moi et je dis « rien ne nous séparera jamais ». À un moment on s'arrête quand même et on reste comme ça, collées l'une à l'autre, en faisant semblant de dormir. Je me sens comme si maman et moi on faisait une seule boule d'amour. Et puis elle se relève, « dors vite » elle me dit, et je me dépêche de m'endormir en l'écoutant chantonner pour Garance.

Quand elle était enceinte de moi au début, elle voulait pas savoir si j'étais une fille ou un garçon. Avec papa, ils avaient décidé de faire comme à l'époque, d'attendre la naissance pour découvrir le sexe du bébé. Et puis un jour, pendant que le médecin regardait dans son ventre avec sa machine à rayons, maman a cru voir une paire de… enfin voilà… elle a été persuadée que j'étais un garçon. Ça l'a complètement déprimée. Au bout de quelques jours, papa en a eu marre de la voir si triste et il lui a dit qu'il fallait en avoir le cœur net. Ils ont pris rendez-vous avec un autre médecin, pas à la maternité, comme en secret. Ça a été une des plus belles journées de sa vie, m'a raconté maman.

Tout avait mal commencé. Le matin, ils étaient partis acheter des meubles pour ma chambre et ça avait été un vrai cauchemar. Ils avaient dû rouler deux heures parce que le lit qu'ils avaient choisi pour moi n'était plus disponible dans le magasin le plus près de chez nous. Ils avaient été obligés de manger sur place, des boulettes de viande en sauce sucrée dégueulasses. Ils s'étaient engueulés parce que les cartons ne tenaient pas dans le coffre et papa avait dû partir acheter des barres pour le toit de la voiture. Ils avaient fini dans les embouteillages, maman pleurait parce qu'ils étaient en retard. Tout le long du trajet, elle répétait en reniflant « c'est mauvais signe, c'est mauvais signe… ».

Et puis le miracle ! La médecin avait annoncé, « c'est une fille », et là maman s'était remise à pleurer, mais de joie. Elle m'a dit que, pour la première fois de sa vie, elle avait compris ce que ça voulait dire, *pleurer de joie.* Papa n'y croyait pas, il avait demandé : « Vous êtes sûre ? Vous êtes sûre ? Parce qu'un copain m'a dit qu'on se trompait souvent, surtout quand on dit que c'est une fille… » Alors la médecin lui avait montré en gros plan et il y avait cru finalement. Ils avaient fêté ça au restaurant et toute la soirée ils avaient parlé de moi, de la fille que j'étais et qui était une extraordinaire surprise. Parce que, du côté de papa, il n'y a jamais eu de fille, depuis des générations, que des garçons. Alors, quand papa a appelé papi pour lui dire « ça y est, on en a une ! », papi en revenait pas, « on a réussi, on a réussi ! ». Bref, j'ai fait plaisir à pas mal de monde ce jour-là.

Mais celle qui a été la plus contente, c'est quand même maman. Des filles pourtant, dans sa famille, y'en a beaucoup, y'a même que ça, elles sont trois sœurs et maman est la dernière. Elle est complètement certaine que grand-père et grand-mère auraient voulu qu'elle soit un garçon, et puis non, encore une fille. Elle dit que c'est pour ça qu'ils l'ont élevée « à la dure ». Un jour, elle pleurait, elle se souvient plus pourquoi, mais elle sait qu'elle était vraiment triste. Grand-mère est arrivée, elle est restée plantée à la regarder roulée en boule sur son lit et puis elle a dit : « Lève-toi tout de suite, tu n'as aucune raison de pleurer. » Maman s'est mise à crier que personne la comprenait, qu'elle voulait partir, qu'elle la détestait. D'un coup, grand-mère lui a balancé une claque et elle a dit : « Tiens, en voilà une de raison de pleurer. » Je connais l'histoire parce que maman me l'a racontée pour m'expliquer pourquoi jamais, jamais de la vie, elle nous taperait Garance et moi. Elle dit qu'il faudrait interdire la fessée, qu'elle devrait être *illégale*, je suis d'accord.

Hier, la prof de maths a rendu les contrôles et j'ai eu dix-neuf sur vingt ! J'étais trop contente, j'ai même dépassé Kilian qui a toujours la meilleure note. Il était dégoûté et m'a dit que, de toute façon, les garçons étaient toujours plus forts en maths que les filles et que ça n'arriverait plus. N'importe quoi. Moi j'adore les maths et j'ai bien l'intention de continuer à avoir de bonnes notes. J'aime beaucoup l'histoire aussi, c'est ma matière préférée en fait, même si j'en ai un peu marre d'étudier la préhistoire. Pourquoi on recommence toujours tout à zéro ? En plus, le prof est super sympa, il est jeune, il a des yeux bleus, je le trouve beau, et je crois qu'il m'aime bien. L'autre jour, il m'a donné un point parce que j'ai répondu « on ne l'a pas appris » à une question qui demandait ce que c'était *l'espace périurbain*. C'est vrai qu'on ne l'avait pas appris en classe, mais les autres n'avaient rien mis, moi j'ai précisé et il m'a donné un point pour ça.

Maman dit que je suis sa chouchoute. En regardant le devoir où j'avais eu dix-huit, elle a trouvé que je faisais quand même pas mal de fautes. C'est vrai, j'arrive pas bien à savoir quand il faut mettre « er » ou « é » à la fin des verbes et j'oublie souvent les pluriels. Elle a dit que j'étais *surnotée*... Papa a tout de suite réagi en lui demandant de ne pas refaire avec moi ce que sa mère faisait avec elle. Quand elle avait seize, elle lui disait « et pourquoi pas dix-sept ? ». Alors elle s'est vite excusée et m'a félicitée en disant qu'elle était toujours à cheval sur l'orthographe. Je ne lui en veux pas, mais c'est un peu dur, parfois j'ai l'impression d'exploser dans ma tête. Y'a tellement de choses à savoir, et j'aime pas toutes les matières. Je déteste la techno par exemple et c'est pas facile d'avoir des bonnes notes dans une matière qu'on déteste. Moi je pense que c'est la faute du prof, c'est ce que j'ai dit à maman, c'est le prof qui doit faire aimer sa matière, s'il y arrive pas, faut pas s'étonner des résultats. Elle a fait une grimace et dit qu'il me suffisait de travailler. Je suis pas d'accord, mais j'ai rien dit, elle est un peu obsédée par les bonnes notes, pas moi.

Avant, le matin, c'était la course à la maison, à cause de papa qui est un « retardataire congénital ». Il l'a avoué d'ailleurs, il a toujours dit qu'il ne voyait pas l'intérêt de se dépêcher pour aller coller des gommettes et faire du coloriage. Bon, ça, c'était quand j'étais en maternelle, mais il a continué après avec un autre argument, comme quoi j'allais passer vingt ans assise dans des salles de classe et que je pouvais bien « gratter quelques minutes ». Maman, ça la faisait stresser. Comme elle partait avant nous pour son travail, elle envoyait plein de textos à papa, « vous êtes prêts ? », « vous êtes en route ? ». Il ne répondait jamais, on prenait notre temps. Papa me demandait quelle écharpe il devait mettre avec son blouson, parce qu'il dit que j'ai du goût, et donc on faisait des essayages. Bon, finalement, on partait vers 8 h 27. Sur le chemin de l'école, on croisait les parents en sens inverse qui revenaient d'avoir déposé leurs enfants, on leur souriait, on s'en foutait d'être en retard. Du coup, on arrivait quand la porte était fermée et il fallait sonner.

Au collège, c'est plus possible, parce que si j'arrive en retard, je dois passer à la vie scolaire pour faire un mot, et si c'est trop souvent, ils m'envoient à l'étude et je manque le cours. Alors, depuis septembre, je me gère toute seule. Maman m'a offert un super radio-réveil, maintenant j'ouvre les yeux en écoutant nrj, quand j'ai de la chance ça tombe sur Orelsan ou Rihanna. Je traîne un peu sous la couette, puis je me lève. Comme j'ai préparé mes habits le soir, ça va assez vite. Parce que c'est ça qui prend du temps, les habits. J'aime bien réfléchir à ma tenue, assortir le haut et le bas, les chaussettes et tout. Papa dit que j'ai du style. L'autre jour, j'ai eu l'idée de mettre à l'envers le pull en V que m'a donné maman. Il était un peu trop grand, ça faisait comme un décolleté, alors je l'ai retourné et elle a trouvé ça très chic. Donc je prépare tout la veille et, le matin, ça roule, sauf quand j'ai décidé d'attacher mes cheveux. Pendant ce temps, papa prépare le petit déjeuner. On mange ensemble tous les trois vite fait et je pars. Toute seule !

J'adore ça parce qu'avant je pouvais pas aller à l'école toute seule, papa n'a jamais voulu. Il disait que j'étais trop petite, que j'étais une fille et qu'une fille c'était pas comme un garçon et qu'on pouvait pas la laisser marcher seule dans la rue si jeune. Là-dessus, maman était plus cool, elle trouvait qu'il ne fallait pas faire ce genre de différence, qu'il fallait au contraire que j'apprenne à devenir indépendante et que, de toute façon, je courais tellement vite que personne ne pourrait m'attraper. Il n'a jamais voulu céder et, jusqu'au dernier jour de CM2, il m'a accompagnée. Parfois même il insistait pour me porter et que je colle ma joue contre la sienne, comme quand j'étais petite. À la fin, je voulais plus, trop la honte. Je crois qu'il avait du mal à s'en passer, c'était pour lui en fait. Mais maintenant, plus question, il a bien dû l'accepter. Du coup, je suis plus en retard. Et papa, il lui reste Garance pour encore trois ans, alors ça va.

Ce matin, on est tous un peu agités, c'est pas un matin comme les autres. Notre collège a été choisi pour participer à un programme sur le corps des ados ou un truc comme ça. On a été divisés en petits groupes et on va devoir répondre à des questions sur ce qu'on pense des changements dans notre corps, sur la sexualité aussi je crois, bref tout ça. On a un peu peur de ce qu'on va nous demander, on rigole, mais on est un peu stressées en fait.

La directrice est arrivée, avec la prof de svt, le prof d'histoire qui fait aussi enseignement civique et moral, et deux dames, une assez jeune et l'autre plus âgée. Elles nous souriaient, elles avaient l'air sympas. La directrice nous a expliqué le projet, comme quoi, dans toute la France, on allait être interrogés sur des questions liées au corps, que c'était une grande « enquête nationale » destinée à faire changer les choses au collège, pour plus d'égalité et moins de violences. Je me suis dit que c'était une bonne idée. Ils avaient séparé les filles et les garçons, parce qu'il fallait qu'on se sente à l'aise, qu'on soit libres de répondre comme on voulait. Mais à la fin, elle a ajouté, on serait réunis et on discuterait aussi avec les garçons. Là, on a toutes commencé à chuchoter entre nous en rigolant. Elle nous a demandé de nous calmer et elle a dit que personne serait obligé de parler, que si on voulait rien dire, on pouvait tout à fait rien dire.

La directrice et les profs sont partis et on est restées avec la dame de l'enquête la plus jeune. Elle s'est présentée, elle s'appelle Émilie, et nous a expliqué qu'elle participait à une recherche pour essayer de comprendre comment les ados vivaient ces années collège pendant lesquelles beaucoup de choses allaient changer pour nous. En gros, on était entrées en sixième avec des corps d'enfants et on allait en sortir avec des corps de jeunes filles, en ayant peut-être connu une première histoire amoureuse, et ça c'était un grand bouleversement. On écoutait toutes attentivement parce qu'on était toutes super intéressées. Elle a dit qu'elle n'allait pas nous faire un cours d'éducation sexuelle parce que, ça, on l'avait déjà eu en classe et que ce n'était pas leur rôle. Ce qu'elle voulait, c'est simplement qu'on discute ensemble de la façon dont on vivait les transformations de notre corps, si on en parlait entre copines ou avec nos parents, si on avait des questions ou des inquiétudes.

Moi, une inquiétude, j'en ai une assez importante, mais je ne sais pas si j'oserai en parler. En fait, c'est sur la façon dont on fait les enfants. Je sais comment on fait, bien sûr, on l'a vu l'année dernière, la maîtresse nous a expliqué, et maman aussi m'a expliqué un jour. Mais elle a rien dit sur ce que c'était, « faire l'amour », et c'est ça qui m'inquiète un peu. En fait, tout ce que je sais là-dessus, c'est Océane qui me l'a raconté au début de l'année. Je voyais bien qu'elle avait quelque chose à me dire, elle gigotait et n'arrêtait pas de se retourner vers moi en faisant des petits gestes bizarres, genre « on se voit après », comme si on passait pas toutes les récrés ensemble. Quand la cloche a sonné, elle s'est levée d'un coup, elle s'est précipitée vers moi et m'a tirée brusquement dans le couloir. On a dévalé les escaliers, on bousculait tout le monde, on se faisait traiter de malades. On a traversé la cour comme des folles, « lâche-moi, y'a pas le feu ! », j'ai crié. Mais Océane a continué de me tirer jusqu'à ce qu'on arrive à notre arbre tout au fond. Là, elle s'est assise et elle a attendu que sa respiration se calme pendant que moi je m'énervais contre elle, « mais c'est quoi ce délire ?! ».

Je pensais qu'elle allait encore me soûler avec

ses histoires, qu'Emma lui avait dit cela, qu'elle lui avait répondu ceci, qu'elle lui parlerait plus jamais, bref, comme d'habitude. Mais non, pas cette fois-ci. Voilà, elle a dit en me regardant d'un air très sérieux, « je sais… je sais comment on fait les enfants ». Et elle est restée là avec un petit sourire. « Ben quoi, j'ai dit, moi aussi je sais, la graine et tout ça. » Son sourire s'est agrandi : « Mais est-ce que tu sais comment l'homme met la graine dans le ventre de la femme ? – Ben oui, avec son sexe, il vient la déposer au bord de celui de la femme, et comme c'est une graine qui avance toute seule comme un têtard, elle rentre dans le ventre pour aller rencontrer l'autre graine. » Elle a levé les yeux aux ciel, « n'importe quoi, c'est pas du tout ça… En fait, le sexe de l'homme devient très dur et il entre tout entier dans le sexe de la femme, il reste un moment là en bougeant pour faire sortir les graines, c'est ça, *faire l'amour* ».

Je suis restée à rien dire. Dedans ?! Tout entier ?! J'étais choquée, ça devait être horrible, ça devait faire très mal… On n'a pas eu le temps de continuer la conversation, Emma et Chloé sont arrivées, elles voulaient savoir de quoi on parlait et Océane a préféré ne pas leur dire. Et puis la cloche a sonné, on est retournées en classe. Le soir dans mon lit, impossible de dormir. Ça s'agitait dans ma tête, je n'arrêtais pas de penser à ce qu'elle m'avait dit. Je respirais fort, ma gorge était serrée, à un moment j'ai même failli pleurer. Elle avait dû se tromper ou oublier quelque chose, ça ne pouvait pas rentrer tout entier, c'était pas possible. Je suis restée un moment avec ces idées qui tournaient en rond, au bord, dedans, au bord, dedans… Et puis je me suis endormie.

Le lendemain, on en a rediscuté, on s'est dit que, si ça rentrait, c'est que ça pouvait rentrer. Et puis, ça s'appellerait pas *faire l'amour* si ça faisait mal. Bref, on a essayé de pas trop s'inquiéter. Océane a dit qu'un jour on comprendrait, forcément. Moi je reste quand même avec ce souci et j'aimerais bien en parler avec les dames de l'enquête. Mais est-ce qu'on va pas se moquer de moi ? J'ai déjà pas osé demander à maman, alors à des inconnues… En fait, j'espère qu'elles en parleront, que le sujet viendra dans la discussion et qu'on pourra demander des précisions. Si ça arrive, je le ferai, je poserai ma question, parce que c'est pas un problème pour moi de prendre la parole d'habitude, je suis pas déléguée pour rien.

J'ai parlé à la dame de l'enquête, j'ai même beaucoup parlé. On a discuté de *faire l'amour* bien sûr, mais c'est pas là que j'ai pris la parole, parce qu'en fait j'ai pas eu besoin. Émilie a commencé par faire comme une sorte de petite histoire de ce qu'on allait vivre pendant ces années au collège. Elle a parlé de nos corps qui allaient changer, les seins, les poils, les règles, tout ça. Elle a aussi parlé des premiers amoureux, des premiers baisers. Là, on pouvait pas s'empêcher de rigoler parce que, en vrai, embrasser un garçon, aucune de nous l'a encore fait. Et là justement elle a dit une chose importante, une chose qui m'a soulagée. Elle a dit qu'il fallait qu'on comprenne que tout ça, ça prenait du temps, que ça venait doucement, étape par étape, et qu'il fallait surtout pas précipiter les choses. Donc on avait le droit de refuser quand un garçon voulait sortir avec nous, on avait le droit de pas vouloir l'embrasser. Après, quand on ressentait des sentiments, qu'on avait envie d'aller plus loin, on pouvait se lancer, mais seulement si on le voulait vraiment.

Elle a demandé si une de nous avait déjà un amoureux, un garçon qu'elle aimait bien. Et là, grand silence. J'ai donné des petits coups de coude à Océane pour qu'elle parle, parce qu'elle en a un, d'amoureux. Elle osait pas, alors je lui ai chuchoté, « mais vas-y, dis-le, personne ne se moquera, au contraire ! ». Ça l'a touchée, parce qu'elle est un peu fière Océane, et que l'idée d'être la seule avec un amoureux, ça lui plaisait bien au final. Alors elle a levé la main pour dire qu'il y avait un garçon qu'elle aimait bien et qui l'aimait bien aussi, mais qu'ils ne s'étaient pas encore ni embrassés ni rien. Émilie a répondu que c'était ça justement qui était important, prendre son temps, ne pas se forcer à faire des choses qu'on n'avait pas envie de faire, profiter quoi, parce que c'était beau d'être amoureux, c'était des sentiments forts et il fallait les vivre sans forcément que ça devienne des relations physiques tout de suite. J'ai bien aimé cette idée. Elle a ajouté que si on respectait ce qu'on ressentait, le jour où on aurait une première relation sexuelle, ça se passerait bien parce que le corps était fait pour que ça se passe bien, « la nature est bien faite », elle a dit. J'ai même pas eu besoin de poser ma question, j'étais soulagée.

Là où j'ai parlé, c'est quand les dames de l'enquête nous ont dit que c'était possible qu'on n'arrive pas à bien communiquer avec nos parents, que c'était pas évident d'aborder certains sujets. Et puis c'était pas toujours facile de trouver un moment calme avec sa mère ou son père, encore plus quand il y avait des problèmes dans la famille, parce qu'on était beaucoup à avoir des parents séparés. C'est ça qui m'a un peu énervée, cette façon de dire que, quand on vivait pas dans une famille type normal, c'était plus difficile. Bon, je suis pas bien placée pour en parler parce que je vis avec mes deux parents, mais ce que j'ai voulu dire, c'est qu'on pouvait très bien vivre avec un seul parent sans que ça soit triste ou compliqué.

J'ai donné l'exemple d'Ève. J'ai raconté que j'avais une cousine, toute petite, de quelques mois, qui depuis sa naissance vivait avec seulement sa mère, qu'elle avait pas de père parce qu'en fait sa mère l'avait faite toute seule. Comme des copines comprenaient pas bien comment c'était possible, les dames ont dû leur expliquer comment certaines femmes décidaient d'avoir des enfants même si elles n'avaient pas d'amoureux. Elles allaient dans des hôpitaux spécialisés où on leur donnait des spermatozoïdes qu'on faisait se rencontrer avec leurs ovules dans une éprouvette, comme en svt, et qu'on leur remettait ensuite l'embryon de bébé dans le ventre pour qu'il se développe. Je voyais bien qu'elles n'étaient pas super contentes de devoir parler de ça, qu'elles n'avaient pas prévu le truc en fait, mais il fallait bien.

Emma ne voulait pas y croire, elle disait que c'était dégueulasse de faire ça, qu'on privait le bébé d'avoir un papa et tout. J'ai dit que non, au contraire, c'était beau parce que la maman avait un si grand désir d'avoir un enfant qu'il serait sûr d'être aimé, alors que, parfois, y'a des parents qui ont des enfants, mais qui les aiment pas trop. Et puis j'ai ajouté qu'en plus on pouvait très bien décider qu'un ami très proche joue le rôle du père, et que c'est justement ce qu'avait décidé la maman d'Ève qui a demandé à son meilleur ami de devenir le « père intime » de sa fille. Elle dit *intime* parce que, « aux yeux de la nature », Greg ne peut pas être le père, et puis, « aux yeux de la société », il ne peut pas non plus être vu comme le père, il ne vit pas avec elle. En fait, j'ai dit, il vit avec un autre homme, comme ça Ève aura presque deux papas au lieu d'un seul.

La dame de l'enquête me regardait avec des yeux ronds pendant que tout le monde s'agitait. Emma a dit que là, c'était franchement n'importe quoi, que pas avoir de vrai père, c'était déjà dur, alors que son faux père soit un pédé, c'était vraiment l'horreur. On s'est toutes mises à parler en même temps et ça a fait un gros bazar. Les dames essayaient de nous calmer en disant qu'il fallait qu'on revienne à notre sujet, qu'on s'était un peu trop éloignées des questions qui nous intéressaient et tout ça. Mais c'était déjà l'heure de la récré et la cloche a sonné. On s'est levées toutes ensemble et on est sorties en courant de la salle en passant devant les deux dames qui restaient là à nous sourire un peu bêtement.

Le soir, j'étais hyper contente de ce que j'avais raconté et j'ai ressenti beaucoup d'amour pour Ève. J'ai hâte de la voir. Je vais lui offrir un collage que j'ai commencé à faire. J'ai choisi exprès des couleurs dans les pastels, ça fait comme un nuage rempli de sourires. Le plus difficile, c'est d'arriver jusqu'au bord de la feuille pour remplir tout l'espace. J'ai besoin de plus d'images, il faut que je demande à grand-mère de me passer d'autres magazines, mais je sais pas quand je pourrai la voir. Maman me répond jamais quand je lui demande.

Nicole

J'aurais dû prendre une bouteille d'eau aromatisée au distributeur. Trop tard, il n'y a plus personne pour m'aider, le gentil pompier est parti, il aurait tout de même pu rester un peu plus longtemps avec moi. C'est un monde, avoir trois filles et ne pouvoir compter sur aucune d'elles ! Bien sûr, travailler à défendre des inconnus pour des clopinettes ou chauffer ses grosses fesses aux frais du contribuable, c'est tellement plus important que de s'occuper de ses vieux parents ! Et puis, tout le monde le sait, un hôpital, c'est un nid de microbes incompatible avec la maternité… Je suis fatiguée de ces fausses excuses, vilaines foutaises.

Il ne me reste qu'à attendre Jean, que j'ai senti bien contrarié de devoir laisser tout en plan pour me rejoindre. Je le vois d'ici arriver sans se presser, son grand torse incliné vers l'avant, les bras tendus vers l'arrière, on dirait un pingouin géant. De quelle aide me sera-t-il ? Il est incapable de remplir le moindre formulaire, je suis sûre qu'il ne sait même pas ce que c'est qu'une carte Vitale. C'est bien ma veine, me retrouver confiée à ce mal embouché ! C'est moi qui vais devoir m'en occuper, oui, tout lui expliquer, la plaie.

Voilà qu'enfin une infirmière vient me chercher. Énorme chose brune boudinée dans sa blouse blanche, les pieds nus glissés dans d'immondes chaussures en plastique rose parsemées de trous inutiles. J'en ferme les yeux de dégoût. Elle empoigne ma chaise et la fait pivoter brusquement. Je geins pour qu'elle comprenne qu'elle est brutale, que je souffre, elle s'en moque comme d'une guigne. Elle me propulse dans le couloir sans un mot d'explication, il faut que je me mette à crier « mais où m'emmenez-vous ? », pour apprendre que nous allons « à la radio ». C'est pas trop tôt. Une heure quarante-cinq sans que quiconque daigne se soucier de moi, je m'en souviendrai.

Me voilà rangée sur le côté, l'infirmière a déposé mon dossier au guichet et s'en est allée sans un regard pour moi. Un monstre, je vous dis. Et c'est reparti pour l'attente, le font-ils exprès ? Est-ce pour tester leurs patients ? Une sorte de protocole destiné à mesurer notre résistance à la douleur ? Bon, voilà qu'on réagit, je n'aurai pas trop poireauté cette fois-ci. On me pousse dans une pièce glaciale et je me retrouve dans les bras d'un colosse d'ébène qui m'allonge sans ménagement sur une grande table de métal. Quelle humiliation ! Portée comme une enfant, manipulée comme de la marchandise, et toujours aucune parole un tant soit peu réconfortante… Une voix résonne pourtant, on me parle, mais c'est pour me dire de ne plus bouger. La table se met en mouvement, en avant, en arrière, faudrait qu'ils se décident. Et puis on m'ordonne de ne plus respirer, ils veulent ma mort.

Je voudrais qu'on m'explique ce que j'ai. Ma cheville est-elle fracturée ? Va-t-il falloir opérer ? Mais non, on me demande encore une fois de patienter, le médecin analyse les clichés. Je suis à nouveau reléguée dans un coin comme un vieux chien. Et voilà que j'aperçois au bout du couloir mon pingouin qui approche, sans hâte, comme à son habitude. Je l'appelle en faisant de grands signes, « Jean, Jean… Je suis là », il relève la tête et me fait un vague geste de la main. « C'est pas trop tôt, tu en as mis un temps ! » Il part dans un long récit qui m'apprend qu'il a pris un taxi, un taxi ! Qu'il y avait de la circulation, à onze heures du matin ? ! Qu'il s'est ensuite trompé de bâtiment, évidemment… Bon, il est là, je ne suis plus seule, c'est déjà ça.

Inutile de préciser qu'il n'a pensé à rien, ni biscuits ni magazine, pas même de l'eau, et je ne parle pas du brin de muguet que j'attends depuis quatre jours en vain. A-t-il oublié combien il me faisait plaisir à déposer sur mon lit le plateau du petit déjeuner orné de clochettes blanches ? Ses attentions me manquent. Je lui demande d'aller m'acheter un jus de fruits et une barre chocolatée, je peux bien m'autoriser ce petit plaisir, j'ai tant souffert… Il s'éloigne en clopinant, encore plus ridicule de dos que de face. C'est le moment que choisit le médecin pour venir me trouver, ou plutôt, devrais-je dire, *la* médecin, puisqu'il faut tout féminiser désormais. Encore une de ces ambitieuses qui ne rêvent que de prendre la place des hommes pour montrer au monde ce que valent les femmes. Tant d'efforts pour si peu de reconnaissance… Elle s'adresse à moi aimablement, cela dit, et n'est pas vilaine à regarder. Elle m'annonce que ce n'est pas grand-chose, une méchante entorse, rien de cassé, un solide bandage, du repos, un peu de rééducation et, dans un mois, il n'y paraîtra plus. Cette habitude qu'ont les médecins de toujours minimiser, faudrait presque s'excuser de souffrir. Parce que je souffre, moi, terriblement, et on dirait bien que tout le monde s'en moque.

Jean est de retour, il se réjouit de ce que je lui fais savoir, comme si c'était une bonne nouvelle d'apprendre que je pourrai à peine me déplacer pendant un mois ! Cela le concerne si peu… Nous marinons encore un long moment avant qu'on vienne me chercher. Mais d'où vient cette épidémie de surpoids dans le petit personnel médical ? Ne sont-ils pas censés incarner la santé ? Les médecins fument, les infirmières s'empiffrent, à croire qu'ils cherchent à renverser les rôles et à prendre la place des patients dans les lits d'hôpital… Et puis quelle rudesse ! Elle se croit sur un champ de bataille à recoudre les blessés à vif ? Je hurle de douleur quand elle manipule ma cheville, son bandage est si serré que je crois bien que mon pied va se détacher. Il le faut, me dit-elle, c'est pour maintenir une immobilité absolue. Cause toujours, je ne suis pas dupe, ça te fait plaisir, n'est-ce pas, d'user de ton minuscule pouvoir sur une vieille dame impuissante ? Elle ne l'emportera pas au paradis.

Ma jambe enrubannée, nous pouvons enfin partir. Jean me pousse lentement jusqu'aux guichets où nous devons enregistrer ma sortie. Il se plante devant la préposée, les bras ballants, à la regarder en souriant, son fameux sourire qui lui donnait jadis l'assurance de réactions empressées. Ça ne marche plus aussi bien à l'évidence, sa belle gueule dégringole, ses nouvelles dents n'y suffisent pas, il fait plus pitié qu'envie désormais. Lui seul semble ne rien remarquer et continue de faire des simagrées à la moindre jupe qui passe. Ne voit-il pas qu'aux yeux des femmes comme à ceux du monde il n'est plus qu'un vieillard, assez digne certes, mais vieux, définitivement vieux et inutile ? Et quelle lenteur, mais quelle lenteur ! Voilà qu'on lui réclame ma fiche de sortie et ma carte Vitale. Qu'est-ce que j'avais dit ? Jean se tourne vers moi avec l'air d'une poule qui a trouvé un ticket de métro. Inapte, il est inapte ! Nous mettrons pas moins de vingt minutes pour venir à bout de la molle fonctionnaire et de mon incapable de mari. Je n'en peux plus, je suis épuisée.

Stéphanie a royalement mis à ma disposition sa nounou. Non mais, franchement, ai-je l'air d'une enfant ? Elle n'est pas bien bavarde, cette Jamila, peut-être ne parle-t-elle pas français ? Je n'arrive pas bien à déterminer son origine… Algérienne ? Turque ? Impossible à dire. Pas très souriante non plus, je sens bien qu'elle n'est pas franchement ravie de venir m'aider. Payée à prix d'or, nourrie, et ingrate avec ça. Stéphanie en est contente pourtant, elle prétend que, sans elle, elle serait perdue. Un peu mon neveu, elle fait tout, le ménage, les lessives, les courses, sans parler du bébé. On n'avait pas ça autrefois, on se débrouillait seules et c'était pas une sinécure. Les femmes ne réalisent pas la chance qu'elles ont aujourd'hui, elles travaillent et disposent de leur salaire, elles ont une famille sans les obligations domestiques qui vont avec, elles prennent des amants sans que cela choque personne, la belle vie quoi ! Quand je pense aux années que j'ai passées à m'occuper de mes filles, qu'elles mangent correctement, qu'elles soient bien habillées, qu'elles puissent faire des études… Tout ce temps sacrifié durant lequel j'aurais pu faire quelque chose de ma vie. J'aurais tant aimé écrire des romans ! Mais non, je n'ai été que l'esclave de ces demoiselles et la servante de leur père. Tout ça pour en arriver à devoir quémander un peu d'attention de leur part, je ne parle même pas de leur présence… Quelle ingratitude, mais quelle ingratitude !

C'est donc la bonne de Stéphanie qui la remplace auprès de moi. Je mentirais si je disais qu'elle est nulle, elle travaille plutôt bien en fait. Elle ne se trompe jamais dans les courses et prend même des initiatives comme de racheter de l'huile d'olive. Sa cuisine n'est pas mauvaise. Elle a bien enregistré que je ne mangeais aucun laitage et sait utiliser la crème de soja. Le gratin de courgettes d'hier soir était bon, je lui ai dit, d'ailleurs, et croyez-vous qu'elle m'aurait remerciée ? À peine un hochement de tête. Je la soupçonne d'être une insolente silencieuse, elle a toujours ce semblant de sourire qui dit qu'elle n'en pense pas moins, ça m'exaspère.

Aujourd'hui, je lui ai demandé de m'accompagner chez le coiffeur. Je ne veux pas me ridiculiser aux yeux de tout le quartier à me faire trimbaler par ce grand balourd de Jean. J'ai bien vu que cela l'embêtait, elle a même essayé d'esquiver en prétextant qu'elle n'avait pas terminé de préparer le dîner. Mais il était hors de question que je passe un jour de plus avec cette tête de vieille sorcière, mes racines font presque un centimètre ! Et puis j'ai besoin de prendre un peu soin de moi, ce n'est pas difficile à comprendre tout de même.

Sylviane s'est précipitée à ma rencontre quand elle m'a aperçue devant la porte vitrée du salon. Une clameur d'apitoiements, ça fait du bien de voir son calvaire enfin reconnu. Elle m'a très aimablement proposé un soin spécial au prix du soin ordinaire, pour me réconforter, a-t-elle dit. J'en ai profité pour demander en sus une manucure, je le mérite bien. J'ai donc renvoyé Jamila cuisiner à la maison et me suis laissé dorloter pendant deux heures. C'est si bon de se faire masser le crâne sous l'eau chaude. En oubliant le passage un peu pénible où je ressemblais à une folle de l'espace, la tête hérissée de mèches plates scindées d'aluminium, j'ai passé un délicieux moment. Sylviane s'est extasiée sur mes cheveux si épais, si vigoureux pour mon âge. C'est ma fierté, cette crinière flamboyante qui a fait tourner tant de têtes. J'ai toujours porté les cheveux longs, plutôt mourir que de prendre dix ans en adoptant le casque gris et bouclé des sexagénaires résignées. Non merci, je tiens à mes ondulations auburn, c'est ma marque distinctive, ce qui faisait autrefois ma beauté et aujourd'hui mon chic.

Car je ne suis pas dupe, on dit souvent que je suis une femme superbe, mais je sais bien que c'est de la femme superbe que j'étais qu'il est question. « Elle a dû être très belle », voilà ce qu'on doit penser de moi. En gommant les sillons qui entourent ma bouche, en faisant abstraction de la chair qui pend sous les joues et en plissant les yeux pour flouter le tout, on peut encore deviner la joliesse de mon visage. Parfois, quand j'ai bu un peu trop de whisky, je pleure devant mon miroir, je pleure celle que j'ai été, qui ne reviendra pas et dont presque plus personne, à part Jean peut-être, ne se souvient.

C'est le drame des belles femmes, il nous faut accepter de voir notre beauté peu à peu recouverte par les flétrissures du temps. Quand on a été moche, ou même passable, on accepte sans piper cette inévitable dégradation, car elle ne change rien ou presque, elle n'efface aucun regard, ne supprime aucun compliment. Mais pour celles qui, comme moi, ont été admirées, c'est un supplice, devoir s'effacer à la cinquantaine et disparaître pour de bon une fois la soixantaine venue. Le pire, la double peine, c'est qu'on ne nous le pardonne pas. J'ai remarqué que, lorsqu'une actrice meurt, quel que soit son âge, c'est une image d'elle jeune et rayonnante qui fait la une des journaux. Quand Jeanne Moreau a disparu, c'est la Catherine de *Jules et Jim* qui s'est affichée partout, son grand sourire et son visage intact. Elle était pourtant pas mal, la vieille Jeanne, je lui ressemble un peu, en moins blonde. Quand Alain Delon disparaîtra, que Dieu nous en préserve, il sera honoré dans son âge, tel qu'il était au moment de sa mort. Assez piteux en fait, comme si la vieillesse n'était tragique que pour les femmes !

Qu'elles fassent donc les fiérotes avec leurs bottes à talons, leur maquillage invisible, leurs maris si charmants et leurs amants si fervents, elles ne vont pas tarder à déchanter. Avant même qu'elles aient le temps de s'en rendre compte, ce sera le naufrage. Les magazines ont beau leur dire que cinquante ans, c'est le nouveau quarante, taratata, il en va aujourd'hui comme depuis toujours, une fois ménopausée, au revoir madame. Alors on peut toujours essayer de résister, je l'ai fait moi-même, j'ai dépensé des fortunes en crèmes et autres injections miracles, ça marche quelques semaines, quelques mois parfois, mais très vite la nature reprend le dessus et on comprend qu'il n'y a plus qu'à se laisser faire et à s'enfoncer. Laurence est déjà bien engagée sur cette voie, Stéphanie suivra bientôt, et puis ce sera Lucie. Chacune tour à tour subira les regards qui vous traversent sans vous voir, les sourires qui suintent la commisération et les sièges qui se libèrent sans qu'on les demande. Elles y auront droit elles aussi, y'a pas de raison, je ne serai peut-être plus là pour le voir, mais elles y auront droit !

Quand Jamila est venue me chercher, je lui ai trouvé un air encore plus en coin que d'habitude. C'est arrivée à la maison que j'ai compris, découvrant la « belle surprise » : Stéphanie et son bébé m'attendaient, tranquillement installées sur le canapé, du thé et des gâteaux préparés pour elles. Moi qui rêvais d'aller m'allonger un peu après l'agitation du salon... J'ai fait bonne figure, bien sûr, j'ai demandé à embrasser la petite et me suis assise à leur côté. Je savais bien pourquoi elles me faisaient l'honneur de leur présence, car rien n'est gratuit, jamais. Mais je ne céderai pas. Stéphanie a commencé habilement en s'enquérant de ma cheville, en me bombardant de questions sur la façon dont la chose m'était arrivée, sur les soins que j'avais reçus, sur le temps qu'il faudrait pour que je puisse à nouveau marcher, pour enfin arriver à la seule question qu'elle voulait me poser : me demander si je pensais pouvoir malgré tout être présente dimanche en huit. J'ai laissé flotter un petit silence que j'espère avoir été angoissant, puis j'ai répondu que, oui, bien évidemment, il ne pouvait être question que je ne sois pas là pour la fête de ma petite-fille, même si elle n'a de fête que le nom.

Curieusement, elle n'en a pas paru ravie et s'est franchement renfrognée quand j'ai ajouté que je restais sur mes positions, qu'il était toujours hors de question que je reconnaisse le soi-disant rôle paternel de son inverti d'ami. Je serai là parce que c'est ma place, je suis la grand-mère, la seule grand-mère, mais qu'on ne me demande pas d'applaudir à ce simulacre familial. Jamais au grand jamais je ne pourrai accepter que l'autoproclamé père de mon héritière soit cet énergumène au genre indéfinissable, cet arrogant qui sous prétexte d'aimer les enfants prétend pouvoir accéder à la paternité par personne interposée. Que pensera la petite quand elle découvrira qu'il est en couple avec un homme ? Je n'ose imaginer la vie de débauche que mènent ces deux-là.

C'est tout de même ahurissant quand on y pense. Cette enfant est née de nulle part, personne ne sait qui sont ses géniteurs, pas même Stéphanie ! Cela dépasse l'entendement. J'étais déjà opposée à ce projet fou de maternité en solitaire… Elle n'avait pas d'enfant, elle n'avait pas d'enfant ! Elle ne pouvait s'en prendre qu'à elle-même et reporter son énergie sur d'autres projets, en profiter pour voyager, je ne sais pas… Mais Stéphanie est têtue, elle tient ça de moi, et il a fallu que je me résigne à son choix de devenir mère par la grâce du progrès médical. C'est tellement compliqué d'expliquer cela, je n'y arrive pas à vrai dire. Mais j'ai trouvé une parade, je dis qu'elle est tombée enceinte à l'occasion d'une relation sans lendemain et que, étant donné son âge, elle a décidé de garder l'enfant. Cela m'épargne la honte de devoir entrer dans les détails sordides de sa grossesse.

Stéphanie s'est fermée comme une huître, elle reste là comme une idiote à caresser la tête du bébé sans plus sourire. Elle ne veut pas en parler, dit-elle, nous en avons suffisamment discuté, le dossier est clos. Quelle tête de mule ! Elle me demande alors quelle robe je porterai, comme si j'étais assez stupide pour ne pas saisir qu'elle me déporte sur un terrain que j'affectionne afin que j'oublie tout le reste. Je ne lui fais pas ce plaisir, je ne sais pas ce que je mettrai, je suis handicapée de toute façon, une pauvre épave sans formes ni allure. C'est à peine si elle s'apitoie, car voilà qu'il est soudain l'heure de rentrer, Ève doit prendre son bain. *Ève*… mais quelle prétention ! Pourquoi pas Vénus ? Qu'elle aille donc endormir la princesse et qu'elle me rende ma tranquillité, c'est moi qui ai besoin de repos, c'est moi qui suis fatiguée, si fatiguée…

Laurence

Les touristes traversent l'avenue à pas pressés et convergent en file animale vers la petite église qui n'en revient toujours pas. Plus de mille ans passés dans la splendeur romane pour se retrouver sous la mitraille de la soldatesque cosmopolite qui envahit l'édifice jusqu'à en recouvrir la beauté. Je n'y entrerai plus jamais, ou alors, chose hautement improbable, couchée les pieds devant pour contempler le ciel du chœur des moines dont j'ai lu quelque part qu'il avait récemment retrouvé son éclat. Grand-père aurait apprécié, lui qui aimait tant ses étoiles, il ne les aura pas vues briller à nouveau, mais il n'aura pas non plus subi l'invasion ignare de laquelle je me détourne, dégoûtée.

J'ai un peu de temps devant moi, une quarantaine de minutes, que je vais consacrer à tenter de me faire plaisir. C'est un peu la raison pour laquelle je m'obstine à consulter cette gynécologue hors de prix que Lucie m'a conseillée quand mes organes génitaux ont commencé de partir en vrille. J'y vais surtout pour le quartier, une vraie caverne d'Ali Baba qui déborde d'étoffes et de cuirs, dégueule de bijoux et de parures, objets devenus étrangement désirables après un long voyage en masse compressée, sales des milliers de mains épuisées à leur confection, puants des produits chimiques destinés à créer souplesse ou reflets. Il faut que j'oublie un instant toutes mes convictions pour m'autoriser à participer à cet immense cirque. Je redeviens égoïste et m'octroie un shoot de came consumériste en essayant de me convaincre que je le mérite. C'est un exercice douloureux où je m'oblige à ressasser jusqu'à l'écœurement. Une vie à aimer, nourrir, servir, les filles, Frédéric. Une vie à travailler aussi, en plus de tout le reste, pour finalement, brutalement, me retrouver abandonnée, raide de malheur, à attendre la fin.

Dans la rue, lorsque je croise une petite grand-mère agrippée à son caddie, je la scrute et l'interroge en silence. Pense-t-elle au bifteck de cent cinquante grammes qu'elle va s'acheter pour déjeuner ? Aux grosses fraises aqueuses qu'elle aimerait bien manger en dessert ? À son émission préférée qui fait danser les stars et qui passe ce soir à la télé ? Ou gémit-elle sur sa vie devenue totalement vaine ? Pleure-t-elle le soir les enfants disparus (passer un coup de fil par mois, c'est disparaître, non ?) ? Rêve-t-elle de l'amour mort ? Touche-t-elle encore son corps ? Se souvient-elle des baisers sur ses seins ? De la chaleur d'un sexe d'homme quand il entrait en elle ? Autant de questions que je ne poserai jamais à ma propre mère, que je ne peux même pas imaginer avoir un jour aimé, je veux dire, aimé vraiment, jusqu'à l'oubli de soi.

Pour l'heure, j'ai décidé de réchauffer mon angoisse dans les mailles d'un nouveau pull. Depuis quelques années déjà, j'ai trouvé le style qui m'allait bien. J'achète des vêtements amples et sobres. C'est toujours monochrome et sombre, mais avec des détails originaux, un assortiment de deux matières, une découpe asymétrique, des effets de transparence. Je me sens bien dans ces longues robes sans taille qui ne découvrent que les avant-bras. Je peux y ajouter des bracelets en série, me lâcher sur les chaussures, me rassurer de cette allure qui, dit-on, n'appartient qu'à moi. J'apprécie surtout le confort de n'avoir plus à réaliser l'impossible, me faire entrer dans ces uniformes qui changent chaque année de formes et de couleurs. J'ai cessé de m'imaginer que le pantalon ultra-large me mincirait, que la jupe crayon me grandirait, que les cuissardes me rajeuniraient. Je me contente désormais de rafraîchir ma garde-robe sans jamais la renouveler. Alors j'y ai perdu du plaisir, oui, celui de la quête et de la joie imprévue quand une pièce tendance semblait avoir été faite pour moi. Trop rare, trop de temps et d'argent perdus. Je profite maintenant de Manon, qui jubile au moindre bout de tissu, si jeune et jolie Manon dont la joie d'être vêtue au goût commun forme comme un halo autour d'elle. Je la regarde jouir de cet instant, quand elle découvre son image au sortir de la cabine et que, soudain, dans cette absence totale de conscience du temps qui lui permet une satisfaction parfaite, elle s'aime follement.

« Le prune, c'est le nouveau noir », me dit la vendeuse en me tendant la robe qu'elle pense idéale pour moi, dont elle espère qu'elle me plaira. Je lui réponds d'une moue indéchiffrable, attrape le cintre et m'enferme. Là, j'évite soigneusement de croiser mon reflet, je garde la tête obstinément baissée vers le sol, vers mes chaussures que j'enlève, ou vers le plafond que je fixe en me déshabillant. Ce n'est qu'une fois le modèle enfilé que je m'affronte, avec un air sinistre, me dis-je, tellement sinistre que je tente un sourire solitaire. C'est vrai que c'est joli, le prune, ça change du noir, ça va pas mal avec ma peau claire, dommage que la coupe soit si près du corps. J'entrouvre la porte pour demander la taille au-dessus. « Vous êtes sûre ? On taille grand, vous savez… Je peux voir ? » Non, tu ne peux pas voir, personne ne peut voir, donne-moi la taille au-dessus et fous-moi la paix. Elle a compris, elle sait que j'appartiens à cette catégorie de femmes qui détestent la fausse complicité féminine, qui refusent tout conseil et préfèrent sortir d'un magasin plutôt que de subir les attentions zélées de son personnel asservi.

Nous croient-ils vraiment dupes de leurs compliments marketing ? La consigne semble avoir été donnée il y a quelques années, elle est probablement née d'une réunion de pressurage de cerveaux autour du thème « maximiser votre potentiel commercial » : un compliment par cliente potentielle, quelle qu'elle soit, toujours. J'ai bien failli y croire la première fois, étonnée et ravie que cette vendeuse que je trouvais si chic s'extasie sur le vert kaki de mon ombre à paupières. C'est en l'entendant passer la pommade à une autre courte sur pattes que j'ai compris, elle était en mode automatique, s'amusant presque de ses flatteries improbables (mon ombre à paupières ? !). Depuis, je dégaine. Celle qui a osé me féliciter pour le sac pourtant bien banal qui pendait à mon épaule s'en souvient encore. Je n'ai pas besoin d'elles. Je me débrouille avec moi-même. C'est peut-être le seul avantage de l'âge, savoir enfin ce que l'on veut, ce qui nous va. Pas de robe prune donc, mais la familiarité d'une énième tenue noire, dont seul le plissé concède à la mode du moment. Un beau rouge à lèvres, rouge rouge, un vernis assorti, un long collier métallique, je pourrai alors relever la tête et affronter le monde.

Sur la table basse de la salle d'attente, je découvre de nouveaux prospectus. *Reprogrammez votre futur, Les années gagnées le sont pour toujours, Ne laissez pas le temps gâcher vos atouts,* difficile de ne pas le prendre personnellement. J'ouvre un dépliant. Deux visages de femmes, l'un jeune sur lequel un triangle pointe en bas a été rajouté en surimpression, ses angles supérieurs délimitant de grands yeux aux longs cils, l'autre vieux où le triangle s'est inversé, la base large qui encadre des joues pendantes et une bouche flétrie. Elle fait peur, le regard sévère coincé entre les paupières de plomb et les cernes creusés, les lèvres pincées qui disent « regarde-moi vieille peau, regarde ce que tu vas devenir ! ». J'apprends que les couches profondes de l'épiderme perdent avec le temps leurs tissus de soutien, ce qui entraîne un affaissement lié à la gravité. C'était donc ça… je ne me tiens plus, je coule, je dégouline. On me propose donc de « restaurer les volumes » et de « combler les plis d'amertume », la bonne blague. J'aurais passé ma vie à lutter pour contenir mes formes dans des proportions socialement acceptables et devoir aujourd'hui réinjecter de la matière et me regonfler la face ?! Ce sera sans moi. Je ne veux ni hydrater ni unifier ni lisser ni raffermir ni dépigmenter ni sébo-réguler ni réparer ni stimuler ni redensifier ni raviver ni affiner ni regalber ni repulper, allez vous faire foutre avec vos promesses à la noix, laissez-moi me défaire en paix.

C'est dans cette fureur que me trouve ma gynéco, elle se tient devant moi, toujours aussi grande et mince, à me regarder en souriant. Elle a dû m'appeler, je n'ai rien entendu. Je balance les formulaires glacés et me lève pour la suivre, ignorant avec le peu de superbe dont je suis capable les regards trafiqués de celles qui tentent le tout pour le tout. « C'est nouveau, ces pubs pour retrouver sa jeunesse perdue ? dis-je en lui emboîtant le pas. – Vous avez vu ça ? Le dermato a tout compris en rejoignant le cabinet : une patientèle exclusivement féminine, fidèle et régulière, c'est une mine d'or ! » Tu parles Charles… Je me demande si elle en a profité pour se faire remplir les sillons nasogéniens, elle me semble si rayonnante. Je ne le saurai pas. Ce dont il va être question, c'est de moi, de moi et de mes ovaires, de moi et de mon utérus. Qu'est-ce qu'on décide ? Qu'est-ce qu'on décrète plutôt… Que c'est fini, voilà, c'est fini ! Je le savais en venant, je me doutais bien que j'allais à la guillotine, que le couperet allait tomber. Il n'empêche, allongée sur l'échafaud, les jambes écartées, je fixe les néons en retenant mes larmes. Tout va bien pourtant, les kystes qui me faisaient si mal se sont résorbés, plus aucune douleur à l'auscultation, aucune grosseur suspecte dans la chair de mes seins, je suis une presque quinquagénaire en pleine santé. Reste à tirer le fil qui refermera à jamais le col utérin. Je prends une longue inspiration et souffle bruyamment par la bouche pendant qu'elle fouille en moi pour extraire le stérilet. « Voilà, c'est fait », dit-elle. J'explose en sanglots.

Ce n'est pas que j'adorais ça, avoir mes règles, loin de là. L'année dernière, c'était même devenu une tannée, je me vidais de mon sang toutes les deux semaines, au point de me retrouver maladroite comme à quinze ans, à ne pas prévoir assez de tampons, à sentir le sang couler sur mes cuisses. Regarde, je me disais, regarde la vie s'échapper de tes entrailles, comme elle est rouge, comme elle est chaude, regarde-la avant qu'elle ne disparaisse. Puis les cycles se sont espacés, trois mois sans saigner, une effusion surprise, six mois sans saigner, quelques pertes sanguinolentes, douze mois… c'était la fin. Pendant que le temps se figeait, mon corps m'échappait, se déréglait pour de bon, et me soumettait à la torture de l'immaîtrisable. J'étais submergée de bouffées ardentes qui faisaient de moi une bouillotte ambulante. Plusieurs fois par nuit, je me réveillais pour sentir la sueur couler entre mes plis. Les bras en croix telle une otarie échouée, sans personne pour en témoigner, je laissais mes larmes mouiller elles aussi le matelas. Le jour, c'était de brusques emportements, des aboiements sans raison, la stupéfaction de mes filles dont aucun geste de tendresse ni aucun mot d'amour ne parvenait à calmer ma rage. J'ai cru que je ne remonterais plus jamais à la surface, j'ai bien cru que j'allais vivre ainsi, figée dans ma souffrance incandescente jusqu'à ce que mort s'ensuive.

« Ce n'est pas la fin de tout, affirme mon aimable gynécologue, ce peut même être un recommencement… » Ah oui ? Vraiment ? Mais recommencer quoi, quand tout se presse autour de moi pour me montrer la sortie ? C'est par là ma p'tite dame, c'est tout droit, au fond du couloir, le placard dans lequel vous allez passer les années qui vous restent à geindre sur votre sort en regardant les autres continuer de rire et de jouir. J'y vais donc, d'un pas lourd et fatal, je m'installe dans mon coin de vieille, je tire la porte sur moi et regarde par l'entrebâillement.

C'est Manon qui passe d'abord. Manon sur ses rollers, de grandes chaussettes rayées tirées sur ses mollets musclés, Manon qui file vers sa bande de copines, la « brochette », une ribambelle de filles toutes aussi éperdues et joyeuses. Voilà sans doute une option possible, l'observer devenir femme, l'accompagner de loin dans ses découvertes, les premiers baisers, la première fois, les premiers chagrins d'amour, et la joie immense de ce jour où tous les éléments de la création semblent avoir décidé de vous rendre heureuse. « Que dirais-tu de vivre ensemble ? », « je voudrais que jamais rien ne nous sépare », « je rêve d'un enfant de toi ». Je les ai entendus, ces mots, j'y ai répondu, j'ai souri et j'ai embrassé, sans me douter que ces secondes d'harmonie amoureuse resteraient uniques dans leur perfection. Je peux donc, si je le souhaite, m'essayer à revivre cette félicité par procuration. Mais à quoi bon ? Et puis je ne veux pas engluer ma fille dans le marécage de mes désirs taris, je veux qu'elle éprouve seule, pleinement, totalement, et l'amour et le plaisir et la peine et le doute et l'assurance du bonheur et sa perte.

Autre option, la posture inverse de la détestation et de l'amertume. J'ai testé, c'est tellement facile, tellement agréable, si douloureusement agréable. J'ai mis toute mon énergie psychique dans la rumination de mon malheur ; incriminer Frédéric, jour après jour, pour ce qu'il m'avait fait subir, grincer ma peine, suinter ma colère. Parce que j'ai de très bonnes raisons de le faire, tous les motifs pour devenir une harpie. Avez-vous idée de ce que peut produire chez une femme approchant du tournant de la cinquantaine l'abandon pour une plus jeune, pour une plus belle, pour une féconde ? C'est à peu près l'effet d'une bombe à fragmentation : l'explosion en plein vol suivie de la projection de milliers d'éclats métalliques qui viennent se planter de façon aléatoire aux alentours. Je n'étais plus qu'un amas de chair sanguinolente, criblée mais vivante, animée par l'envie furieuse de détruire à mon tour. J'ai des dispositions pour ça, j'ai reçu le fiel en héritage. Fallait pas beaucoup me pousser pour que je devienne une boule de dépit et que je dévale la pente, envoyant sur mon passage de petites pierres acérées et blessantes, faisant s'enfuir devant moi tout mon entourage, qui peu à peu s'écartait, disparaissait.

Durant les semaines qui ont suivi son départ, j'ai passé des heures en quête d'os à ronger, je les ai trouvés et je les ai mâchés jusqu'à les réduire en poussière. Le meilleur, le plus gros, le fémur, ce fut cette saloperie de feuilleton virtuel dont je ne ratais aucun épisode et qui me laissait haletante, l'aigreur coulant de mes commissures, effondrée et, bientôt, détruite. Aller chaque jour, plusieurs fois par jour, cliquer sur les images d'elle, zoomer et détailler ses traits les plus infimes, traquer les rides invisibles, chercher les boutons, se réjouir de ses chevilles un peu épaisses, de ses seins minuscules. Trente-deux ans, putain, elle avait trente-deux ans, quinze ans de moins que moi, quinze ans de moins que lui ! Et elle était belle (pourquoi l'évoquer au passé ? Elle doit l'être toujours, mais aujourd'hui je ne veux plus y penser), et ils étaient heureux. J'ai épuisé des heures à m'approprier cette femme qui s'était approprié mon mari. Je suis devenue son *amie*, je me suis inventé une identité imaginaire, fausse photo, fausses publications, fausses amitiés avec quelques-unes de ses relations, le tour était joué. J'ai alors pu m'immerger dans son quotidien, suivre les étapes de leur histoire, contempler l'étendue de mon désastre. J'ai pleuré d'observer son visage en gros plan, loin d'être parfait, des yeux trop rapprochés, de grandes dents chevalines, mais si frais, si jeune. J'ai gémi en comprenant que telle série de clichés exotiques racontait un voyage en amoureux. J'ai hurlé de les découvrir ensemble, son bras à lui sur son épaule à elle, en tenues de fête, son sourire d'homme satisfait, dégarni et ridé, oui, mais beau de la beauté des hommes mûrs qui rajeunissent par le truchement de leurs juvéniles compagnes. Je n'étais plus qu'un bloc de rancœur, incapable de mettre un terme à ces investigations qui me faisaient souffrir au-delà de l'imaginable. Je voulais morfler, m'abîmer, mourir enfin.

C'est Charline qui m'a tirée de là, qui m'a obligée à regarder ailleurs, qui m'a obligée à la regarder elle. Ma grande fille si forte, si douée, celle pour laquelle je ne m'étais jamais fait aucun souci, celle à qui tout réussissait et qui faisait ma fierté. Je n'avais évidemment rien remarqué, rien vu venir. Il a fallu que Manon m'ouvre les yeux, « tu ne trouves pas qu'elle a beaucoup maigri, Charline ? ». Si, elle avait beaucoup maigri, elle était rachitique même, elle était en train de se dissoudre et moi… moi je faisais des boulettes de mon désespoir de femme et je les avalais jusqu'à la nausée. Alors je me suis extirpée de mon marais puant, j'ai fermé les vannes de mon ressentiment et je suis redevenue aimante. Je suis redevenue chiante aussi, pour Charline, que j'avais décidé de sortir de sa spirale mortifère, et pour Manon, que je croyais encore une enfant, mais qui venait de m'offrir la belle nouvelle de sa féminité naissante.

Parce que dans la série « dégagez, circulez, place aux jeunes ! », il m'a également fallu vivre ses premières règles… Voilà comment, un beau jour, il n'y a plus eu que des femmes à la maison, sans plus d'homme ni d'enfants. Et je suis alors devenue la matriarche. Est-ce si terrible ? Dans une certaine tribu d'Ouzbékistan dont le nom m'échappe, les femmes vivent dans cette attente : elles passent vingt ans de leur vie à servir la famille de leur mari, mettent au monde des enfants qui sont confiés à leur belle-mère, s'exilent même pour aller gagner au loin de quoi nourrir ce petit monde, jusqu'à ce que tout leur soit enfin restitué à l'approche de la cinquantaine. Lors d'une cérémonie fastueuse, elles reçoivent mille cadeaux et recouvrent leur autonomie. Le turban que l'on pose alors sur leur tête les assimile aux patriarches qui en sont eux aussi coiffés, et ce sont non seulement toutes les autres femmes, mais aussi tous les hommes, quel que soit leur âge, qui leur doivent le respect. Eh bien voilà, je suis enturbannée. J'ai courbé l'échine pendant trois décennies, je revendique aujourd'hui l'indépendance et la considération.

C'est dans cet état d'esprit que j'envisage la fête d'Ève. Je ne suis pourtant pas celle qui devrait présider, et encore moins trôner, car il y aura la mère en majesté qui revendiquera sa position de surplomb. Sauf qu'elle ne sait pas encore que nous avons décidé d'en terminer. Le cinglant de ses remarques, le mépris de ses regards, l'ahurissant désintérêt dont elle fait preuve à notre égard, nous en avons trop souffert, la malédiction féminine doit être brisée. C'est ce que Stéphanie, Lucie et moi allons tenter de faire, ensemble. Nous avons élaboré une stratégie et il va falloir s'y tenir fermement : ne plus répondre à ses coups de fil quotidiens, ne plus accepter ses commentaires sur nos tenues, notre poids, notre « petite mine », refuser ses conseils acerbes et son argent, couper le fichu cordon qui nous relie à elle depuis trop longtemps.

Pour commencer, il n'y aura pas de repas *à table.* Stéphanie a tenu bon avec son satané buffet blanc. La grande Nicole en était malade. Quoi ? Elle ne sortirait pas le beau service de Limoges qu'elle lui avait offert sans même le prétexte d'un mariage ? ! Quoi ? On serait debout, une assiette en carton dans une main, des couverts en bois dans l'autre ? ! Quoi ? Il n'y aurait pas de vin rouge, tu sais bien que ton père ne boit que ça ? ! Non, maman, rien de tout ça, rien de ce que tu adores tant nous imposer. Il va falloir t'y faire, tu ne te tiendras pas, Cléopâtre flétrie, en présidente de tablée, tu seras noyée dans la foule des gens qui aiment Stéphanie et qu'elle aime, ces dégénérés que tu vomis et qui ne te prêteront aucune attention. Ce ne sera pas facile de ne plus être au centre, je te préviens, ça va même être sacrément dur. Tout cela, tu le pressens, tu le redoutes, tu feras peut-être même en sorte d'y échapper. Il se pourrait bien que tu tombes malade la veille, que ton estomac te tourne ou que ta tête t'élance. Mais tu sais quoi ? On s'en tamponne d'avance le coquillard, on se fout pas mal que tu sois là ou pas, parce que tu sais quoi ? Si on pouvait se passer de ta présence, la fête serait plus belle !

En parlant de beauté, je dois me dépêcher, je ne veux pas arriver en retard. Je ne le suis jamais, mais le risque existe toujours. Je calcule et recalcule, il me faut vingt-trois minutes de bus et huit minutes de marche pour arriver dans cet incroyable endroit où Lucie m'envoie en guise de cadeau d'anniversaire. Un salon de coiffure en appartement ! Je n'ai pas eu le choix de refuser, pourvu que je ne sois pas déçue…

Charline

Nous sommes toutes là. Nous sommes ensemble. Nous toutes. Piétinant dans la joie. Mina est écarlate, elle me sourit à chaque regard. Elle hurle tous les slogans, danse toutes les chorés. *Je te crois.* Je suis le mouvement, sans agitation, me laissant porter par la masse fébrile qui ondule, progresse et palpite. *État coupable, justice complice.* Chloé fait tourner une petite bouteille plastique remplie de son cocktail magique. Nectar de fraise et tequila. Je fais semblant d'en avaler une goulée, puis m'essuie soigneusement la bouche. L'odeur du sucre alcoolisé me donne la nausée. Ce n'est pas le cas de Mina qui boit le jus poisseux comme de l'eau.

J'envoie quelques photos des pancartes les plus percutantes à Kenza que j'espère fière de moi. *On ne naît pas femme, mais on en meurt.* Je lui dois tant, ses bras qui m'ont portée quand je croyais disparaître, les livres qu'elle m'a fait découvrir et qui ont tout changé, ce combat que nous partageons désormais et sans lequel je ne ferais que semblant de vivre. Elle défile avec ses copines lesbiennes, dans un fragment non mixte du cortège. Leurs slogans déchirent, *Délivrez-nous du mâle !*, *Plus d'Adèle, moins de Jean-Michel*, *Foutez-nous la P(aix)MA*. Pas certaine de faire mieux. Elle répond quand même par un grand sourire à *Ma planète, la chatte, protégeons les zones humides.*

Il est presque dix-huit heures, nous arrivons place de la Nation. Je peux enfin me lâcher et user mes dernières forces ; je hurle ma joie qui rejoint l'immense clameur. Je noie dans ce bonheur la fatigue de la marche. Mes jambes pourtant se dérobent sous moi, je glisserais au sol si je n'étais pas enserrée de toutes parts. Je ne regrette pas d'avoir repoussé le moment de manger ma pomme. Je n'en ai pas besoin. Je suis si fermement soutenue. Nourrie de notre sororité, je me sens comblée, rassasiée à jamais.

Chloé est vautrée sur le canapé. La tête basculée en arrière, les bras et les jambes étalés comme le ferait un mec. Elle dort. Je l'observe du balcon où je me suis réfugiée pour fumer. J'enchaîne les cigarettes à un rythme égal et lent. Une bouffée, une grande gorgée de Coca Zéro. Une bouffée, une gorgée. Tous les quarts d'heure environ, Mina vient me chercher. Il faut que je vienne danser. Il faut que je rie. Il faut que je boive. Mais je n'ai besoin d'aucune substance pour savourer ce sentiment inouï d'avoir contribué à faire enfler une dynamique nouvelle, irrésistible.

Maman m'appelle. Elle est inquiète. Le matin

s'annonce et je ne suis toujours pas dans mon lit. Une extrasystole est venue interrompre la régulière cadence de ma vie, voilà qu'elle s'en émeut. N'est-ce pas pourtant ce qu'elle espère pour moi ? Que je vive comme celles et ceux de mon âge ? Que je profite de ma jeunesse et que j'exulte enfin ? Je la rassure. Je vais rentrer. J'attends simplement que le jour se lève. Je veux voir de mes yeux sa lueur originelle. Laisser le premier rayon frapper ma peau. Cela ne va pas tarder. Mina n'est plus venue me trouver depuis un moment. Elle doit être dans un coin à vomir ou à presser son corps contre un autre. Il y avait bien quelques garçons, les cheveux ramassés en chignon, les sourires d'affinité, les postures déconstruites. Tous ces signaux qui permettent à Mina de baiser sans culpabilité. Mais moi je ne suis pas dupe de ces fausses attitudes, vrais prétextes pour parvenir à leurs fins. « Je suis féministe, tu suces ? »

D'y penser me fait légèrement trembler. Ma béatitude devient gélatineuse, puis se fige. Les images se pressent à mes paupières. Je voudrais pouvoir les repousser, qu'elles refluent, mais elles s'immiscent. Dans le désordre d'abord, puis l'insupportable mécanique s'ordonne et s'enclenche à nouveau. Je revois son sourire, ses belles dents et ses yeux sombres. Glorieux de tous les soupirs que je lui ai dédiés, il me prend déjà de son regard. Je suis sous le charme. Absolument ravie d'être avec lui, chez lui, impatiente qu'il me touche enfin. J'ai à peine le temps de le réaliser que ses mains approchent. Elles caressent mon visage. Très vite soulèvent mon pull. Soudain attrapent mes seins. Je me laisse faire. Je suis surprise. Je reste curieusement inerte. Lui ne remarque rien, ne s'enquiert de rien. Il continue de m'envahir. Il halète. Progresse. Explore. Baisse mes collants puis ma culotte. Je tente de me soustraire. Je le repousse. Il rit. « Alors, ma belle, tu fais ton effarouchée ? Mais tu m'excites encore plus ! » D'un bras passé autour de ma taille, il me maintient contre lui. De son genou, il écarte mes cuisses. De ses doigts s'enfonce en moi.

Ce n'est pas ce que j'avais imaginé, pas du tout. Je le voulais pourtant. Que ce soit lui. Le charme romain et la culture sans fond. À rendre folles de jalousie mes copines qui l'écoutent philosopher en battant des cils. J'étais prête, prête à lui donner ce qu'aucun n'avait encore réussi à obtenir. Mon corps se raidit pourtant. De plus en plus à mesure qu'il est dénudé. Je reste sèche et fermée. Ma peau est froide. Ma bouche serrée. « Détends-toi, tout va bien… Tu es belle, tu sais. » Croit-il que je m'en inquiète ? Pense-t-il vraiment me faire m'ouvrir à ce minable sésame ? Ne voit-il pas que je résiste ? Ne comprend-il pas que je ne veux pas ?

Je tente à nouveau de le repousser. Je voudrais partir. Alors il me pousse à son tour. Brusquement. Sur le canapé. Fait semblant d'en rire. Me chatouille pour que je rie moi aussi. Ni mon visage contracté par le refus ni mon silence obstiné ne l'arrêtent. Les cuisses tenues fermement ouvertes par ses mains qui ne caressent plus, mais empoignent, je vois son sexe, grosse tige sombre surmontée d'une congestion rougeasse, venir me crever. C'est ensuite sa face en furie qui m'envahit. Yeux plissés. Lèvres retroussées. Immonde comme sa violence. Je ferme les yeux. Je ne crie pas. Je ne bouge même plus. Il me retourne comme un sac. Mon visage frotte les coussins. Le haut de mon crâne bute en cadence sur l'accoudoir. Il termine de se vider en grognant. Reste quelques secondes enfoncé en moi. C'est fini et ça n'en finit pas.

J'entends son souffle ralentir. Il se retire. Je me relève d'un bond. Les yeux écarquillés. Habitée tout entière par une peur qui n'a pu être hurlée. Son jus répugnant coule le long de mes cuisses. J'attrape sa chemise pour m'essuyer. « Hey, qu'est-ce que tu fais ? C'est pas… » Mon mutisme et mes gestes mécaniques lui ferment le clapet. Je me rhabille en une vitesse record. Attrape mon sac. Pars sans croiser son regard.

Je vais pouvoir pleurer maintenant. Je vais pouvoir gémir. Assise sous le jet brûlant de la douche. Roulée en boule dans mon lit. Mais de ce qui s'est passé là, je ne parlerai jamais. À personne. Je l'avais voulu. J'y étais allée. J'avais eu ce que je cherchais. À quoi bon raconter ? Pour entendre en boucle les mêmes questions. Pourquoi t'as pas dit non ? Pourquoi t'as pas crié ? Je ne pouvais pas. Je n'ai jamais pu. Pas un mot. Ce que j'ai subi, seul mon corps l'a raconté.

Les images noircissent et se consument dans la lumière du soleil qui se lève enfin. Je cligne des yeux sur ce recommencement. La musique s'est tue il y a longtemps déjà. Les rires et les soupirs aussi. Je traverse l'appartement où gisent les vestiges de notre joie. Je tombe nez à nez sur Mina. Elle a l'air de celle qui ne se souvient de rien. « Café ? – Café ! » Nous voilà sorties, attablées devant nos doubles expressos. Je mange ma pomme à lentes bouchées. Mâche avec application. « C'était bien ? » Mina hausse les épaules. Comme d'habitude, semble-t-il. Pas terrible. Elle fait une grimace navrée. Comme si elle y était pour quelque chose. Tant d'hommes, tant de bouches et tant de queues pour si peu de plaisir. Elle y retourne néanmoins. Insatiable. Avec la rage coupable des boulimiques. Détestation de soi. Il est sept heures. Je rentre dormir quelques heures.

« T'as une petite mine », me dit maman en guise de bonjour. Elle a mis la table comme je l'aime. Les grandes assiettes blanches sur les sets en paille. Les serviettes, blanches elles aussi. D'un faux tissu bien raide. Les beaux couverts du dimanche. Les verres à pied. Et ce bouquet de renoncules immaculées, pétales serrés à l'infini. La perfection. Cette obsession de fille aînée s'échinant à satisfaire ses parents, toujours en vain. Elle a voulu me faire plaisir. Je lui en suis reconnaissante et je lui souris.

La salade est composée. Tout est coupé très

petit très fin comme je l'aurais fait moi-même. Dés de concombre. Cubes translucides de tomates sans peau. Rondelles de radis. Lunules de céleri. Et ces minuscules crevettes roses qu'elle rêve de me voir avaler. Je passe un moment à les trier. À les pousser du bout de ma fourchette au bord de l'assiette. Elle me regarde faire sans commenter. Elle sait que c'est inutile. Alors elle m'inonde de questions. Elle veut que je lui raconte tout. La marche. La joie. La fête.

Je ne peux pas parler. Je mâche. Je broie la chair aqueuse des légumes. Je les sens se dissoudre sous ma langue. Je n'avale pas. Je mâche. J'imagine les couleurs se mêler puis disparaître. Les fibres se briser. Les peaux se décomposer. Je mâche. Il ne reste plus qu'un jus un peu épais. L'eau et les vitamines. L'essentiel. Je déglutis alors. Entre deux bouchées, je lance une remarque sur sa nouvelle couleur de cheveux. J'ai besoin de temps. J'ai touché juste. Elle me raconte cette séance extraordinaire que lui a offerte Lucie, généreuse petite sœur dont les cadeaux sont toujours des exclamations.

Elle est allée chez cette coiffeuse qui reçoit une cliente à la fois dans son salon-appartement. Deux heures pleines durant lesquelles elle aura eu la certitude d'être unique. Une autre bouchée molle avalée. Je demande des détails. Elle me décrit les murs bleu orage. Les sièges jaune soleil. Les flacons impeccablement alignés sur la cheminée. Le grand miroir en pied. La commode et les consoles imitant les années 50. Le faux laiton. Je réprime un rictus. Quelle laideur. Plus un restaurant sans ses sièges ronds de rotin. Plus un hall d'hôtel sans ses fauteuils joufflus, vert sapin, vert amande, vert turquoise. Ou alors la triade vieux rose, framboise écrasée, prune bien mûre. Partout des tables basses ovoïdes. Partout des trépieds de bois fuselés. Du scandinave en veux-tu en voilà. De la rétromania à tous les étages. Pseudo-style mondialisé. Vintage industrialisé. J'exècre, mais acquiesce, hochant la tête en guise de validation.

Oui, elle est très réussie cette couleur. Oui, cette coupe plus courte lui va très bien. Oui, j'aime aussi sa nouvelle robe noire plissée. Son histoire m'aura permis de terminer mon assiette. De décréter que je l'ai terminée. Maman est contente. Elle me la retire. Picore une à une les crevettes abandonnées. Puis c'est le moment du fromage blanc. Celui aussi qu'elle choisit pour me parler de sa grande affaire. La fête de tous les dangers. Moi, de cette journée autour de mon adorable et minuscule cousine, je n'attends qu'une immense joie, mais maman est toute à ses petites querelles. Son combat m'épuise. Je ne comprends pas cet acharnement, toute cette rancœur. Ne peut-elle pas, à son âge, cesser enfin de détester sa mère ? À quoi lui ont servi ces décennies allongées à déblatérer ? Le temps n'est-il pas venu de pardonner et de penser à autre chose ?

Je trouve que grand-mère ne mérite pas tant de haine. Elle est tranchante, c'est vrai. Elle sait ce qu'elle veut, oui. Elle est indépendante. Elle est forte. Elle me dit souvent que je suis comme elle. Que je peux tout réussir. Si seulement elle avait vécu à une autre époque. « Si seulement je pouvais être toi ! » dit-elle souvent. Moi, j'aimerais être elle, comme elle, puissante et rayonnante. Sa crinière rousse. Ses ongles impeccablement rouges. Elle ronchonne que sa beauté est fanée depuis longtemps, qu'elle n'est plus que l'ombre d'elle-même. J'ai beau essayer de lui faire entendre que la beauté des femmes ne se mesure pas à leur âge, elle n'en démord pas, elle est blette, pourrie, en voie de décomposition. Ma pauvre grand-mère chérie.

J'ai terminé mon fromage blanc. Trop vite puisqu'elle m'en propose à nouveau. Cela n'en finira jamais. Toujours elle voudra me nourrir. Je me lève sans répondre. Je vais faire un café. Je sais que c'est de ma faute. Je sais que je ne devrais pas lui en vouloir à elle. Je devrais m'en vouloir à moi. De lui avoir infligé ça. Je n'y arrive pas. Je ne me sens coupable de rien. Je n'ai pas voulu faire de mal. J'ai simplement essayé de devenir moi. Semaine après semaine, mon être s'allégeait. Semaine après semaine, ma force se déployait. J'avais prise sur le monde. J'avais prise sur mon corps. Prise sur les autres aussi, dont l'attention soucieuse ne me quittait pas.

J'ai tenu des mois. Presque une année. À la maison, les repas avaient été repensés selon mes règles. Je présidais. En bout de table. Le plus loin possible de maman et de Manon. Loin de leurs bouches avides et de leurs manières vulgaires. Le couvert était minutieusement dressé. Au cordeau. Tout était impeccablement propre. Les couteaux comme des miroirs. Je mangeais cru et froid. Des aliments clairs. Du blanc. Du jaune pâle. Du vert tendre. Et peu, très peu, presque rien. Quelques rondelles de concombre en entrée. Une demi-pomme coupée en fines lamelles. Deux cuillères de fromage blanc allégé parsemé de cannelle. Pour l'énergie.

J'aime me rappeler ce plaisir inouï que je ne peux dire à personne. Le plaisir de me sentir si constante dans ma détermination. Si régulière. Si cohérente. J'ai ordonné le monde. Je l'ai soumis à ma volonté. Je réussissais mes examens. J'avais des projets. Je contrôlais mon destin jusque dans les plus infimes replis de ma chair évidée. J'étais si forte ! Je maigrissais. Rapidement. Idéalement. Sans m'apercevoir que mon corps devenait de creux et de pointes. Que mes vêtements se mettaient à flotter autour de moi. Que mon teint jaunissait et que mes cheveux tombaient. J'ai un jour aperçu dans le reflet d'une vitrine cette jeune femme livide dont seuls les yeux vivaient. C'était moi. Je ne m'étais pas reconnue.

Lentement, je me suis dissoute. Jusqu'au moment où il m'a fallu cesser de nier. Manon ne me parlait plus. Elle ne venait plus me demander si je pouvais lui prêter un pull. Elle ne se blottissait plus contre moi sur le canapé. Je la voyais me regarder de loin. Quand mes yeux croisaient les siens, elle tournait la tête. Je l'ai souvent entendue pleurer. Je ne pouvais pas la consoler. Je flottais au-dessus de mon univers. Légère et puissante. Semant la désolation autour de moi.

Maman se désespérait. « Je pèse le double de toi, le double ! » Invariablement, je répondais : « Pourquoi ce serait à moi de grossir et pas à toi de mincir ? » Elle a tout essayé. Les cris. Les menaces. Les supplications. Elle a tenté de me contraindre à manger. Plantée derrière moi à attendre que j'avale ma piteuse pitance. Nous nous sommes retrouvées un soir à courir autour de la table. Maman brandissait un cube de fromage en hurlant « mange !! mange !! ». Moi, je lui échappais en hurlant « jamais !! jamais !! ». J'ai trébuché. Je suis tombée. Je me suis recroquevillée, secouée de sanglots nerveux qui n'avaient pas de larmes. Elle est venue m'entourer de la chaleur de son gros corps. Elle m'a bercée. Elle a fait taire mes hoquets par des baisers. Elle m'a dit « tu vas entrer à l'hôpital et tu vas guérir ». C'est ce que j'ai fait.

Quatre mois sur mon île blanche. Loin de leur pesante présence. Personne pour m'obliger à me nourrir. Personne pour s'angoisser de mon apparence. Personne pour critiquer mes choix. On m'a laissée retrouver seule le chemin de la vie. Tous les jours, trois fois, le plateau était déposé devant moi. Une demi-heure plus tard, on venait le reprendre. Sans un mot de commentaire quant à ce que j'avais pu y laisser. Au début à peu près tout. J'ai pris le temps qu'il me fallait. J'étais accompagnée. On écoutait ma peur qui se libérait. On écoutait mes larmes qui recoulaient. On écoutait ma douleur qui s'exprimait. La chair est peu à peu revenue. Centaine de grammes après centaine de grammes. Un jour, j'ai réalisé que j'avais renoué le fil de mon existence, c'est-à-dire renoué le contact avec mon corps. Le temps de faire mienne cette idée, le temps de recouvrer la force de revenir au monde, et je suis sortie. Je peux à nouveau m'attabler avec d'autres. Je mange de tout. Jamais beaucoup, mais de tout. Pour peu que l'on ne me demande pas d'avaler d'animaux morts.

Quand Stéphanie m'a expliqué qu'elle concevait un buffet intégralement blanc, j'ai d'abord cru qu'elle le faisait pour moi. Je n'ai pas tout de suite compris que cela n'avait rien à voir avec mon goût pour les aliments transparents. C'est pour Ève bien sûr, pour nimber de pureté le grand événement qui l'attend. Je suis fascinée par ce petit être replet, par ces curieux trous qui parsèment ses mains potelées en lieu et place des os qui devraient pointer. Et cette tête ronde ! Les joues comme des ballons, le cou à peine visible, encore enfoui dans ses épaules. Et ce vendre tendu, à la rotondité si parfaite et si ferme ! Ai-je été moi aussi un gracieux bibendum ? Il faudra que je demande à maman de me montrer des photos.

Kenza

Est-ce petit ou gros une noisette ? C'est plus petit, nettement plus petit qu'une noix, mais si on compare à un grain de riz, c'est plus gros, vraiment plus gros. Je ne sais pas quoi en penser, je crois que je vais rester sur l'option minimaliste, on dit bien « juste une noisette » pour signifier qu'un peu suffira ? Un café-noisette, c'est un café avec une goutte de lait, très peu de lait. Donc une noisette, c'est petit.

Ça peut paraître curieux, mais j'aime bien cette comparaison. En fait, j'adore les noisettes, je suis totalement fan de praliné, sous toutes ses formes, y compris les plus industrielles. L'une des joies de Noël, à mes yeux sans doute la plus grande, ce sont les rayonnages qui dégueulent des centaines de boîtes translucides où sont rangées les bouchées dorées adorées. J'en emplis les placards à la maison, les tiroirs au boulot. Pendant ces atroces semaines qui entourent les fêtes de fin d'année, je me gave de ces boulettes qui cachent en leur cœur une noisette entière. Et voila qu'à mon tour j'en dissimule une.

J'ai fait une photo de la radio, je la regarde souvent. C'est assez joli, très graphique. Mon sein se découpe en formant une poche à l'arrondi parfait et, sur son côté, se dessine un cercle blanc, lune pleine dans un ciel brumeux. C'est ma noisette. Je ne l'ai jamais considérée comme une intruse, bien au contraire, j'ai choisi de l'accueillir, j'ai voulu qu'elle se sente en quelque sorte chez elle, légitime. Sophie me dit que je suis frappadingue, que je déraisonne, qu'il faudrait que je sois tout au contraire combative et que je rejette ma noisette. Je crois qu'elle n'a pas compris. Elle la conçoit comme une présence hostile à extirper par tous les moyens, sans comprendre qu'elle fait partie de moi. Cette noisette, c'est un condensé corporel, un précipité de cellules qui se sont regroupées en se multipliant et qui forment une entité cohérente, distincte du reste de mes tissus, presque un nouvel organe.

Voilà pourquoi je l'accepte sans haine et quasiment sans peur. Peut-être restera-t-elle alors tranquille, à profiter de ce petit séjour confortablement installée en moi, sans développer de projet d'expansion. C'est ce que je lui dis chaque jour, d'apprécier le moment, de jouir de la chaleur constante qui l'enveloppe, de se laisser balancer au rythme de mes pas. Elle sait, je lui ai dit aussi, qu'il n'y aura qu'un temps et que bientôt elle devra partir, qu'on l'y incitera même assez fermement. Je veux qu'elle se laisse faire sans résister, qu'elle admette que notre histoire ne pouvait pas durer. Je ne peux pas lui révéler par quel procédé elle sera exfiltrée. Cherchera-t-on à la déloger peu à peu, à la dissoudre à grands coups de rayons laser, ou ira-t-on la prélever pour en une seule fois lui faire quitter les lieux ? Je n'en sais rien moi-même, je n'en parle donc pas, surtout ne pas l'inquiéter, ne pas la braquer. Pour le moment, je la regarde et lui parle comme si nous avions tout le temps devant nous.

Ce matin, Sophie m'a apporté le petit déjeuner au lit. C'était pourtant à moi de le faire, chacune notre tour. Elle a non seulement brisé cette habitude, mais elle a fait les choses en grand, brioches, oranges pressées, confiture et miel, on se serait crues un dimanche ! J'ai apprécié bien sûr, je l'ai remerciée, mais il a fallu aussi que je mette les choses au clair. Ce n'est pas parce que je trimbale une noisette que je suis subitement devenue une petite chose fragile qu'il faudrait ménager et assister. Cela viendra peut-être un jour, pour l'heure je me sens bien et je ne veux pas être traitée en malade. Ni prévenances ni commisération. C'est le pire, la double peine, supporter les regards apitoyés et les paroles maladroites en plus du diagnostic et des traitements. Pas question. Personne n'a donc été informé de ce qui m'arrive, il n'y a que Sophie et Greg à le savoir et je trouve que c'est déjà trop.

Tout ce que je lui demande, à elle, c'est de continuer à aimer mes seins, de continuer à les caresser et à les embrasser, et surtout le gauche, qui a particulièrement besoin d'être choyé. Pas facile de le lui faire comprendre. Il a fallu un moment avant qu'elle arrête de prendre toutes ces précautions, comme si ma chair était soudain devenue friable. J'en ai crié, « vas-y, saisis-le ! pétris-le ! mordille-le ! ». J'ai toujours adoré ça et j'en ai plus envie que jamais, j'ai même l'impression que mes tétons sont encore plus érogènes. Ou alors c'est que je me concentre davantage sur eux.

On ne cesse de gloser sur cette chance que les hommes auraient de posséder un phallus, organe à disposition, réactif et gratifiant, mais les seins, c'est exactement la même chose, redoublée même ! Toujours là, malléables, sensibles, zones fluides de plaisir, et sans l'inconvénient de l'éjaculation. Mais on n'en parle jamais. On apprend aux filles que c'est au fond de leurs vagins que se concentre la possibilité de l'orgasme, que pour y arriver il faut attirer le mâle doté de l'engin adéquat. Vaste fumisterie qui leur fait croire que la jouissance ne dépend pas d'elles. Que la première qui ne s'est pas « terminée » en douce dans les toilettes après un corps-à-corps frustrant avec un homme lève la main. Et lorsqu'il est question des seins, c'est pour les réduire au rôle d'appâts ou d'organes simplement préliminaires. Quelle mystification et surtout quelle injustice ! Priver ainsi les femmes d'un accès si facile à l'extase ! Mais le scandale a éclaté et je me réjouis d'observer les jeunes filles d'aujourd'hui investir enfin leur clitoris. La vraie révolution sexuelle a peut-être commencé, toutes les femmes vont enfin pouvoir jouir. Si je suis honnête, j'avoue que cela m'agace un peu de perdre le privilège orgasmique des lesbiennes, mais je pense alors à Charline, à notre combat contre les violences, et j'espère qu'elle en découvrira bientôt l'autre versant, l'aspiration à une sexualité égalitaire et la revendication du plaisir qui va avec.

Il y a pas mal d'ironie dans cette histoire de colonisation de mes seins parce que je les aime par-dessus tout le reste en moi. J'ai adoré leur éclosion, j'ai tout de suite été heureuse de leur présence, ravie un peu plus tard de leur taille idéale, juste de quoi remplir les mains d'une honnête femme, enchantée de leur apparence, du contraste entre le framboise des aréoles et le doré de ma peau. La première grande décision de ma vie, mon premier acte d'émancipation aussi, c'est lorsque j'ai décidé de ne plus porter de soutien-gorge. J'avais vingt ans, j'aimais sentir mes seins bouger librement, j'ai choisi d'en terminer avec leur enfermement. Des années à endurer ces liens qui strient la peau, à dépenser des fortunes dans quelques centimètres carrés de dentelle élastique, à chercher devant les miroirs la confirmation de ce que j'avais bien ce qu'il faut là où il faut. J'en ai eu marre. Mes seins n'ont pas besoin d'être enserrés ni rembourrés pour être beaux, et tant pis s'ils ressemblent plus à des poires trop mûres qu'à des pommes croquantes.

L'une des plus grandes joies de ma vie d'amoureuse d'avant ma rencontre avec Sophie, ce fut l'exploration du monde des seins, le recensement de leurs formes, ogives, larmes, ballons, gouttes, méduses, la découverte des aréoles de toutes les couleurs, du brun-noir au rose le plus clair, la dégustation de tous les tétons, qu'ils soient minuscules ou bourgeonnants, dressés ou recroquevillés, simples ou dédoublés, j'ai adoré. Un cynique complot planétaire empêche de rendre visible cette magnifique pluralité, nos poitrines devant toutes se présenter au monde comme deux coupoles fermes, hautes et symétriques. Mais quelle femme peut-elle prétendre posséder naturellement de tels appendices ? Moi, je prends mes seins pour ce qu'ils sont, les miens, comme ils sont, aussi présents, beaux et utiles que mes mains.

Au tout début de leur liberté, je cherchais à les dissimuler, mal à l'aise face aux regards qui s'accrochaient à mes tétons pointant sous les vêtements. Je superposais les couches et choisissais les hauts imprimés, trop d'informations visuelles pour qu'on remarque la chair mouvante de mon buste. Les années passant, j'ai oublié de redouter le jugement d'autrui. Aujourd'hui, ça ne me pose plus aucun problème de les laisser deviner. J'ignore les yeux qui s'y attardent et qui ne sont pas toujours désirants, loin de là. Que ça emmerde la bourgeoise ou que ça fasse pouffer le jeune gars, je m'en moque. Et puis je sais que mes tatouages suscitent désormais plus d'attention que mes tétons autrefois, à se demander si je ne l'ai pas un peu fait exprès. Il n'empêche, je suis fière de ces mini-œuvres d'art qui parsèment mon corps. Je les ai choisies avec soin. J'ai pris le temps à chaque fois de les concevoir, de les imaginer sur moi, de me préparer à l'étape irréversible de leur inscription sous-cutanée. Pas de motifs identifiables, pas de couleurs, je n'aime pas la figuration. Pas question de me transformer en zoo ambulant, un oiseau par ici, une tête de chat par là. Je ne suis pas un livre non plus, donc pas de mots et encore moins de ces phrases interminables que personne ne parvient à déchiffrer. Pas de signes, presque pas de sens, seules des formes abstraites en suspension.

Ma chance a été de découvrir très tôt une technique peu répandue de tatouage à la main qui ne trace jamais de lignes définitives, mais procède par multitude de points pour dessiner des figures en dégradé, légères et flottantes. On voit beaucoup la peau, on a le sentiment de ne pas savoir où exactement s'arrête le tatoo. J'ai commencé par une forme géométrique improbable au cœur de mon bras, un polygone en trois dimensions se balançant au milieu d'une pyramide dont seuls les contours sont tracés en pointillés. J'ai ensuite dessiné quelques volutes en boucle, pile entre mes deux seins. Et puis je me suis lancée dans ma grande œuvre, elle couvre tout le haut du bras, mon épaule droite et s'étire jusque dans le cou. Un assemblage de motifs dont on ne sait s'ils sont cubiques ou triangulaires, s'articulant les uns les autres en faisant courir à ma surface une kyrielle de petits points, parfois ramassés jusqu'au noir profond, parfois éparpillés jusqu'à la dissolution. Assez fascinant je dois dire, et largement plus intéressant que mes tétons libérés.

Si par malheur je devais abandonner mon sein gauche, si on me l'enlevait, je sais déjà par quoi je le remplacerais. J'ai repéré une magnifique composition, un cercle lui même composé de triangles, chacun dégradé de la pointe à la base, et au centre, un ensemble de pétales stylisés, en corolle, comme une aréole végétale. Je n'en ai rien dit à Sophie, elle se met à pleurer dès que j'évoque d'éventuelles complications. Je garde ça pour moi, précieusement, ma façon de dire à quel point j'aime mes seins, incarnés ou figurés.

J'ai demandé à Greg de m'accompagner aujourd'hui. Je ne veux pas revivre ce qui s'est passé la dernière fois, Sophie s'évanouissant à l'annonce de la malignité de ma noisette. J'ai besoin d'être soutenue et il me faut cet homme-là ! Mon doc n'y comprendra rien. J'ai bien vu qu'il était un peu choqué d'apprendre que Sophie était ma femme. « Votre compagne vous voulez dire ? – Non, ma femme, nous sommes mariées. » Silence. Je croyais le bousculer encore un peu plus en débarquant avec Greg l'escogriffe, son immense barbe rousse et ses piercings en série, mais non, il est resté impassible, sérieux, trop sérieux. J'ai compris qu'on n'allait pas rigoler et tout a disparu, comme si un brouillard avait soudainement envahi la pièce. Sur un grand fond gris bleuté se détachait la blouse trop blanche du docteur, surmontée d'une masse rose percée de deux trous noirs que je fixais sans en distinguer aucun détail. Un long flux verbeux s'est déroulé, dont seul un mot sur deux parvenait à ma conscience.

Je n'en ai reconstitué le contenu que plus tard, à l'aide des notes prises par Greg. Alors voilà le programme : on va m'opérer pour m'enlever ma noisette, dans le même temps, on prélèvera des ganglions pour voir si les cellules cancéreuses n'ont pas commencé à se balader un peu partout. Et puis il y aura de la radiothérapie, ça c'est certain, et si les analyses ne sont pas bonnes, de la chimiothérapie. Bref, je m'embarque pour un voyage au long cours qui risque d'être mouvementé. Mais j'ai le pied marin et le moral à fond, je sais que je vais tenir le coup. C'est un nouveau combat, j'en ai connu d'autres, que j'ai souvent gagnés, alors à la guerre comme à la guerre ! Je dis ça maintenant mais, soyons franche, je faisais moins la fière ce matin à broyer la main de Greg, ma respiration en mode hyper-ventilation.

Heureusement qu'il était là pour poser des questions, parce que j'étais incapable de formuler la moindre phrase un peu cohérente. Donc, grâce à lui, je sais que l'aspect de mon sein ne sera probablement pas modifié. Ma noisette est petite et, même en incluant la « marge de sécurité », son extraction ne devrait pas causer de déformation. Ouf… Il y aura une phase transitoire où mon sein paraîtra peut-être plus petit et plus ferme, mais il retrouvera sa forme et sa consistance normales après quelques jours. C'est dingue cette plasticité ! Greg a voulu savoir si des massages seraient bienvenus, je crois bien qu'il a l'intention de poser ses grosses pattes d'homme sur moi… Pourquoi pas, a répondu mon doc avec cette petite moue méprisante qu'affichent les représentants de la science dure face aux propositions des doux thérapeutes.

J'étais là à les écouter, assise toute raide sur ma chaise, dans un état de quasi-dédoublement. Je les entendais, je comprenais vaguement ce dont il était question, mais mon esprit flottait quelque part ailleurs, tout au fond de moi, très loin de mon corps. Je me parlais, « tu vas bien ? », « tu n'as pas peur ? », et je me répondais, « oui, je vais bien, mais j'ai un peu froid », « si, j'ai peur, je suis morte de trouille en fait ». J'étais sincère, de cette sincérité qui n'émerge que lorsque l'on accepte de se débarrasser de ces couches lentement sédimentées qui font notre personnalité au-dehors. Plus de Kenza la boxeuse, celle qui affronte le monde et ses tourments armée de son ironie, toujours bien protégée derrière sa garde levée. Plus de Kenza la militante, celle qui mène ses troupes joyeuses sur tous les fronts, celle qui scande et qui martèle, bardée de ses certitudes. J'étais à nouveau petite Kenza, celle qui s'empêtrait dans sa différence, celle que le doute empêchait d'avancer et que les jugements pétrifiaient. Curieusement, j'étais contente de la retrouver, soulagée de pouvoir enfin me laisser aller. Elle me disait qu'il fallait que j'accepte de me faire aider, de me faire soigner, de me faire dorloter. Elle me disait que j'avais besoin des autres, de leurs regards aimants, de leurs attentions prévenantes. Elle me disait qu'on a toujours soif d'une famille, qu'elle soit originelle ou d'emprunt, une famille dont les membres vous aiment sans condition et vous soutiennent en toutes circonstances. Je suis sortie de cette transe intime en entendant la voix chaude de Greg, « vas-y Kenza, pleure, ça fait du bien, pleure et viens dans mes bras ». Des larmes coulaient de mes yeux, je ne le savais pas, elles coulaient en silence, mais c'était comme un cri.

On a commandé des huîtres, des crevettes, des bulots. J'ai aussi voulu des oursins et Greg a demandé des coquilles saint-jacques en carpaccio. Quand le plateau est arrivé, il a fallu pousser nos verres, éloigner le bocal de vinaigre à l'échalote, écarter l'extraordinaire motte de beurre scintillante de ses cristaux salés, pour pouvoir enfin caler entre nous les fruits gris, roses et noirs encore luisants de la mer. Je pourrais ne me nourrir que de ça, du pain encore chaud à la croûte épaisse et un peu collante, tartiné de gras au bon goût de lait, accompagné de la chair crissante des crustacés, de la glaire iodée des coquillages, le tout arrosé d'un pouilly fumé pas trop frais. J'aime garder sur mes doigts l'odeur secrète de ces délices que j'ai écartelées, trifouillées, aspirées et sucées. Greg me regarde faire sans dissimuler son dégoût, triturant du bout de sa fourchette à trois dents les tranches cristallines semées de piques rouges d'Espelette qui sont censées faire son repas. « Tu n'as pas faim ? Mange donc ! » Mon appétit semble lui suffire, j'avale pour deux. Grand bien me fasse.

Il ne reste plus rien, je suis pleine, rassasiée, saoule aussi de ce vin blanc qui coule en moi comme de l'eau. Redevenue puissante, gonflée du courage que donne l'alcool, je demande à Greg de m'aider à former un plan de bataille. Nous convenons d'abord de ne dire à Sophie que le strict nécessaire : je vais me faire opérer et je serai alors débarrassée de mon importune noisette, quelques rayons et on n'en parlera plus. Voilà, c'est décidé, scénario minimal, espoir maximal.

Je déclare alors qu'il faut marquer le coup et vivre l'annonce de l'opération comme une bonne nouvelle. Et si nous organisions une fête pour l'occasion ? Greg jubile, ce sera la *Nut Farewell Party*, s'exclame-t-il – il a toujours été doué pour les titres. Cela implique évidemment d'en dire un peu plus à l'entourage, me fait-il remarquer. Ou pas. On peut aussi prétendre l'absurde, prétexter d'un jeu de mots fortuit ou d'une envie sans fondement. Après tout, ce ne sera pas la première fois qu'on fera la bringue sans prétexte, en choisissant un thème ridicule. Alors va pour la fête des noisettes !

C'était une bonne idée, Sophie s'en est immédiatement saisie, oubliant de me poser les questions qui devaient pourtant fourmiller dans sa tête. Elle a trouvé de quoi remplir l'espace de plus en plus grand qui se creuse en elle sous l'effet de ma maladie. Elle est passée en mode opérationnel, sans plus laisser de place pour le reste, la peur, les doutes, l'envie de fuir. Et la voilà partie à réfléchir à la façon dont elle pourrait utiliser la noisette, les noix, toutes les coques du monde. Elle demandera des conseils de recettes à Stéphanie. J'acquiesce, je souris, je me réjouis avec elle. Cela faisait des semaines que nous ne nous étions pas retrouvées ainsi, unies dans une même joie. Et peu importe qu'elle soit un brin artificielle, peu importe que ni elle ni moi ne soyons vraiment dupes. Nous avons l'intention de nous amuser et, comme chacun sait, c'est l'intention qui compte.

Il y a urgence, l'opération doit avoir lieu la semaine prochaine, la nouba, ce sera donc après-demain ! Sophie a décidé de se faire porter pâle pour pouvoir tout préparer. Je n'ai pas eu envie de l'en dissuader. Je me suis laissé entraîner par elle dans ce tourbillon de préparatifs et d'excitation. Greg a battu le rappel des convives, il ne manquera personne d'important.

La fête est extraordinaire, le buffet explose toutes les prévisions, on s'y agglutine comme des mouches sur un bout de gras. Le salon ondule en une masse compacte de corps et de rires. Je suis poussée de l'un·e à l'autre, embrassée, caressée, on me prend par la main, je tourne en riant. Les heures défilent, j'en perds le compte. Je me déhanche au rythme de la musique et palpite avec elle. La sueur coule entre mes seins qui sont secoués comme rarement. Le processus est lancé, le décrochage de la noisette programmé, je lui fais vivre son baroud d'honneur, entourée de toutes celles et ceux que j'aime et dont l'affection pénètre chacun de mes pores pour converger en un flux puissant vers elle, jusqu'à l'enrober et, imperceptiblement, commencer à cisailler la chair tout autour. Je l'imagine flotter comme un grelot. Je suis une cloche et elle se balance en moi, tintinnabulant en silence. Je danse et ne m'arrête que pour engloutir à grandes lampées le cocktail judicieusement dénommé *Nutty Delight* que Sophie a inventé pour l'occasion. Je l'ai envoyée paître un peu durement à sa quatrième tentative pour me faire avaler une bouchée aux noix de cajou et chèvre frais. Je n'ai pas faim, je ne veux que des liquides, je ne suis que fluides, sueur, larmes et cyprine. *Farewell*, ma noisette chérie, on a passé de bons moments toutes les deux, il est temps de partir maintenant.

Celui qui est parti, c'est Greg. Très tôt, vers deux heures peut-être. Je ne m'en suis pas aperçue, mais il m'avait prévenue. Il ne pourrait pas rester bien tard, il devait passer une bonne nuit pour être en forme le lendemain ; il avait promis à Stéphanie qu'il remplacerait Jamila auprès d'Ève toute la journée. Je me couche au petit matin en y pensant. Est-ce que moi aussi je pourrais avoir un enfant ? Est-ce que je serais capable de l'élever ? Le porter en moi, impensable, mais Sophie en rêve, elle serait aux anges que je le lui propose. Pas sûre d'oser me lancer dans une telle aventure. Et si c'était une fille ? Comment l'accompagner sur ce chemin de féminité auquel je ne connais rien ? J'aimerais bien un garçon en fait, je pourrais lui apprendre à dribbler. Je vois alors un petit bonhomme courir derrière un ballon et m'endors avant qu'il ne l'atteigne.

Colette

Il faudra que je mette un peu d'huile sur les gonds de cette porte à chats… son grincement m'irrite. La première rose a-t-elle éclos ce matin ? Cela illuminerait ma journée. J'espère que Lucia a bien dormi, j'ai vu sa lumière allumée en pleine nuit, est-ce la douleur qui l'a réveillée ? Je vais l'accompagner en ville, cela lui fera plaisir. J'en profiterai pour chercher des rubans à nouer sur les sachets de dragées de ma petite Ève. J'aimerais bien qu'ils aient des motifs, pas des cœurs, c'est trop mièvre, mais des petites étoiles peut-être, ou des lunes, oui, des lunes, ce serait bien ! Et voilà que Mlac gratte à la porte… allez, il faut que je me lève.

J'aime ce silence de l'aube, quand rien n'est décidé, quand il ne s'agit même pas de décider quoi que ce soit. Les tommettes sont fraîches et douces. Il va falloir que je me repeigne les ongles maintenant que je peux à nouveau déambuler pieds nus. Quel joli voile perlé sur le jardin ! Les branches du cerisier plient sous le poids des fleurs gorgées de rosée. J'en cherche le parfum discret dans l'air que j'aspire lentement, goulûment, j'aime l'entendre entrer et sortir de mon corps. Mais il est recouvert par le sifflement de la bouilloire qui annonce le moment adoré du petit déjeuner. D'épaisses tranches du pain de la semaine, une bonne couche de beurre. Une vraie goinfre, dit Nicole, qui culpabilise de mettre un nuage de lait de soja dans son thé vert. J'aime manger, oui, j'aime cuisiner, j'ai de l'appétit, je suis grosse et alors ? Cela me procure de grandes joies, qui pour m'en priver ? J'hésite pour la confiture, baies de sureau ou poires à la vanille ? Allons-y pour les poires, j'ai envie de croquer dans ces granuleux morceaux.

Mon plateau de bois qui a porté tant de délices, le petit banc de pierre qui a porté tant de fesses, j'y pose aimablement les miennes, larges et moelleuses. Je sens l'énergie de la maison contre mon dos, je sens qu'elle est forte, plus forte que moi, ce n'est pas peu dire. Voyons ce que la nature me donne ce matin. Une odeur un peu piquante, celle des feuilles et des herbes s'extirpant du sommeil, le chant d'un jeune merle, j'espère qu'il nous tiendra davantage compagnie celui-là, j'ai tant regretté son comparse, parti un beau jour sans même un adieu. L'allégresse têtue de cette vie qui m'entoure. Le monde qui recommence de s'agiter, le ronronnement d'un tracteur, une fenêtre qui s'ouvre. Lucia me fait un petit coucou de la main, elle sourit, on dirait qu'elle a bien dormi finalement. J'entends le ronflement mécanique de la deudeuche qui démarre et me souviens que Mado et Sylviane voulaient aller découvrir les pots émaillés qui ont cuit toute la nuit chez la potière du village voisin. Aïlis dort encore, c'est certain, elle n'émergera pas avant dix heures, quelle marmotte ! Mlac se frotte en ronronnant sur mes mollets. Où a-t-elle donc passé la nuit ? Elle a le poil broussailleux la coquine. J'ai compris, je vais te donner tes croquettes. Rentrons.

Je sais que je passe pour une vieille folle arc-boutée contre la modernité, mais a-t-on vraiment besoin de dizaines de litres d'eau pour être propre ? Un pichet suffit largement, un gant de toilette et un peu de savon de Marseille, et me voilà aussi fraîche qu'un nouveau-né ! Les filles adoraient ça petites, faire sa « toilette de chat », les pieds dans la bassine au milieu de la cour, dans l'angle où le soleil s'attarde. Le jeu des bulles sur la peau et leurs fesses luisantes comme des astres. Quelles beautés… À la fin du mois, elles étaient redevenues libres comme il convient à des enfants. Leurs cheveux mêlés de brindilles, et parfois de quelques insectes, étaient désormais indémêlables. Une année, Laurence a dû les leur couper tout court, elle était furieuse. Mais les filles ont adoré leurs têtes ébouriffées, elles prétendaient être devenues des garçons. Charline s'est rebaptisée Charles, tout simplement, et Manon, Tom-Tom, du nom de ce personnage de bande dessinée qui la faisait rire. Malheureusement, leurs maîtresses ont refusé tout net leur nouvelle identité. Celles d'aujourd'hui accepteraient sans doute, on déconstruit, oui ou non ?

Cela me fait penser qu'il faut que j'appelle Charline, qu'elle me raconte sa grande marche. Ma digne petite-nièce ! Franchement, jamais je n'aurais cru connaître une seconde révolution de mon vivant… Je m'étais résignée à ce féminisme officiel qui s'arrête aux mots et aux annonces toujours déçues. Mais voilà qu'elles se sont levées, nos petites sœurs ardentes et déterminées ! Elles font un peu n'importe quoi, ça part dans tous les sens et ça frôle souvent le ridicule (ces clitoris multicolores qu'elles brandissent comme si elles les avaient découverts !). Il n'empêche, elles font la joie de ma fin de vie.

Lucia m'accueille avec un beau sourire. Elle ne souffre pas ce matin, ou si peu. On dirait que mon conseil de traiter la douleur par le mépris a produit ses effets. Viens dans mes bras pour le câlin du matin. Viens, ma belle grosse chérie. J'aime l'odeur de tes cheveux parfumés à la lavande. Et cette douceur de peau que seules les années passées peuvent donner. Allons-y, ma toute douce, allons saluer notre royaume. Commençons par la serre et inspectons les semis, courges et courgettes, persil et basilic, tous ces petits pots bruns sagement alignés, les feuilles qui s'ouvrent les unes après les autres, éclats vert anis sur fond noir. L'autre jour, je suis tombée sur un plant de pomme de terre qui avait poussé à partir d'une simple épluchure au beau milieu du tas de compost. Un soi-disant déchet donnant la vie, qu'en dis-tu ?

Dans le jardin du bas, allons scruter la mini-dune érigée tout du long de la clôture, feuilletage de tonte et de paillis, amas d'énergie vitale, chaleur fermentée abritant les trésors germés enfouis là par Mado. Voilà les pousses de poireaux, puis des carottes, les soupes de l'hiver se préparent au printemps… Avant de rentrer, il faut que je cueille de quoi faire une belle salade pour ce soir, pissenlit, bourrache, lampsane, plantain, asperges sauvages et quelques violettes pour la couleur. C'est mon jour de cantine, je vais les régaler. Je ferai une vinaigrette au miel, le tout parsemé de graines torréfiées, Aïlis les adore.

« Les fleurs sont faites pour s'épanouir dans la terre », m'en fous, je veux mon petit bouquet. Il faut toujours avoir des fleurs sous les yeux, sinon à quoi bon vivre ? Mes arums préférés ne sont pas encore ouverts. Sylviane me charrie, elle dit que si je les aime tant, c'est pour leur spadice érectile. Peut-être, et alors ? Quoi de plus beau qu'un sexe dressé ? Si elle savait le catalogue de tous ceux que j'ai goûtés, les trapus, les tordus, les longs, les larges, les ronds, les pointus… La variété des pénis est un enchantement. Ce n'est évidemment pas l'avis de Sylviane qui les déteste tous, sans exception, grande amoureuse des vulves et des seins ! Pas d'arums donc, mais des renoncules… cules… oui, je suis un peu obsédée.

Cette virée en ville m'épuise, je la regrette presque. En plus du bavardage ininterrompu de Lucia, il y a ce détour imposé au centre commercial. Abomination des abominations. Dire qu'elle m'a fait promettre de n'en rien dire à nos sœurs ! Je n'en piperai pas mot, mais elle ne m'y reprendra pas ! Je préfère encore la triste rue piétonne dont les devantures ferment les unes après les autres que cet antre de la laideur où chaque forme, chaque couleur, chaque odeur, est une agression. Et ces boutiques sans vitrines qui bordent ce marché prétendument super… Des néons blafards, des monceaux de marchandises inutiles, des tonnes de plastique, des substances suspectes dont on nous assure qu'elles se mangent. Quelle horreur !

Mais je subis sans broncher, je le fais pour Lucia. Elle veut s'acheter cette crème miraculeuse dont elle a lu quelque part – où ? c'est un mystère – qu'elle favorisait la pousse des cils. Une crème qu'on ne trouve que dans les rayonnages dégoulinants de cette enseigne dont les rayures noires et blanches sont censées figurer la beauté. Une vendeuse s'approche, la bouche écarlate éclatée de sourire. Elles sont vraies, ces dents si blanches ? Et ces cheveux, dont la pointe est jaune paille et les racines marron foncé, c'est fascinant. Comment a-t-elle fait pour passer de l'une à l'autre teinte si progressivement ? Elle a dû dépenser une fortune. Et quel boulot, tous les matins, laver, sécher, coiffer ! Je suis bien heureuse de ma longue tresse que je ne défais qu'une fois par semaine.

Elle aussi semble captivée, elle nous dévisage, Lucia et moi, comme si nous débarquions d'une autre planète. Ce qui est un peu le cas. Ses yeux s'écarquillent devant le joyeux mélange d'imprimés qui fait mon style. Elle reste un moment à fixer les grandes chaussettes que je tire sur mes mollets et qui ne sont pourtant pas dépareillées aujourd'hui. Elle semble soulagée que ce soit Lucia qui s'adresse à elle. Lucia tout en camaïeu de gris qui, une fois n'est vraiment pas coutume, a tartiné ses lèvres d'un peu de rose pâteux. Histoire de détourner l'attention des yeux vers la bouche, a-t-elle plaidé d'une moue adorable.

Il est donc question de ses cils et de ses sourcils, disparus sous l'effet de la chimie. Ils repousseront, c'est certain, ils repousseront comme repoussent les plantes, en prenant le temps qu'il leur faudra. Mais je la laisse dire, je l'encourage même de mes sourires. Elle n'a pas beaucoup de motifs de réjouissance ces temps-ci. Elle s'achète donc cette crème, que dis-je, ce « sérum de croissance », hors de prix comme de bien entendu. Sur le chemin du retour, nouvel arrêt. Dans la vieille mercerie agonisante, je trouve mes rubans. Pas de lune, mais un motif japonisant sur fond turquoise, une branche sans fin parsemée de fleurs blanches et de feuilles mauves avec, tous les deux centimètres, un petit oiseau au ventre rouge et à l'œil noir malicieux. J'en sautille de joie, Ève va adorer !

Un dernier détour par la mairie. Lucia s'est mis en tête d'obtenir un extrait d'acte de naissance.

C'est pour connaître l'heure exacte de sa venue au monde. Elle veut pouvoir établir son thème astral de la façon la plus précise possible. Cette passion soudaine pour l'astrologie, je sais bien qu'elle est directement liée à sa maladie. Lucia espère-t-elle déceler dans les astres le signe de sa future guérison ? Bon, si cela la rassure d'imaginer que les planètes influent sur son destin, pourquoi pas. Mais qu'elle ne me bassine pas avec ses analyses à l'emporte-pièce. C'est parce que je suis Scorpion que j'aime tant le sexe ?! Que c'est bête ! Si toutes les personnes nées entre fin octobre et fin novembre aimaient baiser, ça se saurait…

Je l'attends sur le parvis. J'ai toujours eu en horreur les lieux institutionnels, ils provoquent chez moi une nausée immédiate. Mais que c'est long, je crois que j'arrive au bout de ce que je peux supporter. Je veux rentrer chez moi ! Ah, la voilà qui approche, la mine radieuse d'avoir obtenu le bout de papier certifié. Je suis heureuse pour elle, cette affaire de thème astral va l'occuper bien des jours et ce seront autant d'heures passées à ne plus avoir peur.

Le reste d'un frichti de légumes racines et hop, au lit pour ma sieste. Elle sera courte, je ne me déshabille pas, je me glisse juste sous la belle courtepointe qu'Aïlis m'a offerte pour mes soixante-dix ans. Je n'ai pas le temps de paresser ni de me caresser aujourd'hui. Il me reste pile quatre heures pour lancer ma grande affaire culinaire de la semaine, les dragées que j'ai promises à Stéphanie pour la fête de la petite. Je vais pouvoir utiliser à nouveau mon extraordinaire turbine maison, fabriquée en fixant une ancienne boule de machine à laver sur un moteur de barbecue. Maurice m'a filé un coup de main et ça marche du tonnerre. Il n'y croyait pas lui-même, jusqu'à ce que je lui fasse déguster mes premières noisettes enrobées de chocolat, j'ai cru qu'il allait pleurer.

J'ai trouvé des amandes bio, des Marcona de Provence, belles et croquantes à souhait. Leur torréfaction au four a empli la maison d'une merveilleuse odeur. J'écoute Amalia Rodrigues, je suis dans un état quasi orgasmique. Je mélange le sucre et la gomme arabique, un enrobage qui va empêcher l'eau et l'huile de s'échapper des fruits. Deuxième étape, la plus délicate, le grossissage : je verse un peu de sirop de sucre sur les amandes qui dansent dans la turbine en marche, je laisse la cristallisation se faire, puis je verse à nouveau un peu de sirop bouillant. Il faut y aller doucement pour que les amandes ne collent pas ni ne s'agglomèrent. Les voilà qui s'épaississent, louche après louche, elles deviennent un peu plus dodues et blanches. Je passe à la dernière étape, le lissage qui les rendra douces à la bouche. J'avoue avoir mis un peu de temps avant de trouver le bon dosage de cet ultime sirop qui doit être léger, suffisamment dilué. Tentative inédite, je l'ai parfumé à la fleur d'oranger, que Stéphanie adore. Verser au ralenti, dix fois, vingt fois, cinquante fois, j'en ai mal au bras... Mais voilà, je suis arrivée au bout, il n'y a plus qu'à laisser la turbine tourner toute la soirée pour que le polissage soit le plus réussi possible. Sans attendre, je prélève une poignée de mes replètes dragées, j'en croque une, délicieuse, je ferai goûter aux autres ce soir. Il ne faut pas non plus que j'oublie d'apporter ma bouteille d'eau-de-vie de pommes, mon élixir de jouvence.

L'ordre du jour qu'Aïlis a glissé sous nos portes promet une belle empoignade. C'est quoi cette histoire de « stage menstruel » ? Plus aucune de nous n'a ses règles, et depuis belle lurette, qu'est-ce qu'elle va nous demander encore ?! La dernière fois, c'était d'accueillir un groupe de jeunes sorcières Wicca qui voulaient célébrer chez nous leur fête du solstice d'hiver, jour de la renaissance du Soleil, synonyme d'« énergie de renaissance et de renouveau », je cite de mémoire. Elles ont transformé notre épicéa en *arbre de Yule*, le recouvrant de guirlandes de boutons de roses séchées et de bâtons de cannelle, d'épis de maïs flétris, de sachets d'épices éventées, de cristaux de quartz accrochés aux branches par du fil de fer pour imiter les glaçons... Un sapin de Noël nature quoi, pas la peine d'en faire un pataquès !

Il en a fallu du temps pour effacer les traces du grand feu qu'elles avaient érigé en plein milieu de la cour, l'allumant en faisant tout un foin d'une bûche décorée de rubans. Quand elles ont voulu entrer dans chacune de nos maisons pour les illuminer de chandelles, là, j'ai tenu bon, pas question de laisser brûler des bougies toute la nuit, pas du tout envie de finir l'année en cendres… Lucia, Mado et Sylviane ont elles aussi résisté, il n'y a eu qu'Aïlis pour accepter de jouer le jeu des sorcières de notre temps. Quel ridicule, cette couronne de fleurs séchées sur la tête ! Donc ce soir, je m'attends au pire. Pas sûre du tout que j'accepterai de recevoir à nouveau ces militantes qui s'imaginent être les premières à révéler la puissance des femmes. Comme si nous n'avions pas déjà repris possession de nos corps ! Comme si nous n'avions jamais combattu le patriarcat ! Comme si nous n'avions rien conquis ! Le joyeux orgueil de la jeunesse sans doute, je veux bien leur reconnaître cette circonstance atténuante, mais elles n'ont pas réinventé la roue… peut-être la font-elles tourner un peu plus vite, ça oui, peut-être.

Le premier sujet à l'ordre du jour est le moins drôle, il s'agit de décider de la poursuite ou non de nos ventes au marché. C'est Lucia qui a soulevé la question, car voilà, elle n'a plus l'énergie nécessaire pour passer cinq heures chaque samedi à vendre bocaux et légumes du potager. Il faut donc qu'une autre s'engage à la relever, voire à la remplacer. Un léger silence s'installe. Chacune réfléchit à l'argument massue qu'elle pourrait opposer à sa présence. Il faut aimer jouer à la marchande et ce n'est vraiment pas mon cas. Et puis j'estime que je fais beaucoup en fabriquant les confitures et les chutneys qui partent comme des petits pains. Sans parler de la responsabilité énorme de gérer l'auto-entreprise que nous avons créée pour pouvoir écouler notre petite production. Elles en conviennent. Pour Mado, là aussi, ça va vite, nous sommes toutes d'accord pour penser qu'elle ferait fuir le chaland : un quasi-quintal de près de deux mètres, des mains de bûcheron infichues d'attraper les centimes, une trogne renfrognée, faut quand même un minimum d'apprêt pour commercer. Restent Sylviane et Aïlis, qui n'ont ni l'une ni l'autre de raisons majeures de se défausser. Elles iront suppléer Lucia chacune à leur tour, une semaine sur deux. Amen, cela mérite un premier petit verre, non ?

Elles se sont bien moquées de moi avec mon baril que je couvais comme une poule son œuf. Des semaines à veiller la fermentation du moût, mes hésitations sans fin pour déterminer si je devais ou non ajouter des acides, savoir quelles levures choisir… Et les gars de la coopérative qui ne voulaient pas distiller le jus obtenu, pas assez de litrage, disaient-ils. J'ai gagné mon alambic en leur offrant des dizaines de conserves maison. Et je peux dire que je suis fière du résultat. 46° de pur fruit liquide, un brûlant nectar. Je sais déjà que Mado froncera les sourcils à me voir me resservir. J'ai beau lui dire que je n'en bois que lors de nos réunions du jeudi, elle a décidé que j'étais une alcoolo impénitente. Elle peut bien penser ce qu'elle veut, si je ne sais pas ce que je suis, je sais ce que je ne suis pas !

C'est le moment de dérouler la semaine écoulée et de pointer les jolies choses qui s'y sont passées, en plus des moins drôles. C'est là, quand nous mettons en partage la beauté de nos vies, que j'éprouve le plus fort ce lien sororal qui nous unit toutes les cinq. Nicole est outrée que je qualifie ainsi celles qui ne sont, dit-elle, « que des amies ». Je crois surtout qu'elle est furieuse d'être ainsi déchue de sa place de sœur aînée, elle y était si bien, elle y était si dure. Mes sœurs d'aujourd'hui sont douces et aimantes, c'est ce qui fait d'elles ma vraie famille.

Nous sommes unanimes, le premier bonheur de cette semaine, ça a été de voir le jardin s'épanouir en grand, les fleurs qui éclatent, le vert qui recouvre tout, les oiseaux qui pépient. Mado fait remarquer qu'elle se sent parfois un peu seule à s'occuper de notre petit monde végétal. C'est sa passion et elle en a la force, mais ce n'est pas une raison, dit-elle, pour lui abandonner l'entièreté de la tâche. Je lui fais remarquer que Lucia et moi y faisons notre part plus souvent qu'à notre tour. « Mais vous vous promenez en papotant, rugit-elle, vous ne mettez jamais les mains dans la terre ! » Elle n'a pas tout à fait tort. Je m'engage à en faire davantage. On pourrait par exemple être responsables de la serre ? Elle approuve énergiquement, l'occasion de se resservir un coup. Je croise le regard de Lucia qui me semble voilé. Elle sourit doucement, sans joie. Je sais à quoi elle pense, qu'elle ne pourra pas longtemps s'occuper des pousses, qu'elle rejoindra bientôt la terre elle-même. Je lui retourne son sourire, nous verrons, nous irons au plus loin possible, ensemble.

Passons aux requêtes personnelles. Sylviane aimerait que je fasse attention à fermer mes fenêtres lorsque je cuisine. « Ça fait un boucan du diable », mes casseroles, mes machines infernales et la musique qui enrobe le tout. Elle aime peindre au calme et cela devient difficile avec les beaux jours, quand nos maisons restent grandes ouvertes. J'y veillerai, promis. J'en profite pour lui demander si le tableau que j'attends avance, j'ai hâte de le voir. « Patience, je te montrerai bientôt. » J'ai confiance, j'aime beaucoup ce que fait Sylviane, mais je voudrais pouvoir réagir, lui faire des suggestions, c'est tout de même une commande, le cadeau pour ma petite Ève ! « Est-ce que je te donne des conseils, moi, quand tu te mets aux fourneaux ? » Non, je n'en voudrais pas d'ailleurs, j'ai compris, j'attendrai. Je lui rappelle simplement qu'il faut qu'il soit terminé à temps, je pars dans trois jours et il me le faudra sous le bras !

Arrive le grand débat autour de la requête d'Aïlis. Une troupe de jeunes féministes aimerait pouvoir planter ses tentes quelques jours dans notre jardin, le temps de célébrer leurs règles en communion avec la nature. Comme je m'en doutais, ce sont les sorcières du solstice qui les ont renseignées : il y a au fin fond du Berry une communauté de vieilles femmes vivant en totale autarcie et en pleine sororité, l'endroit idéal pour se reconnecter aux cycles lunaires. Aïlis brandit un petit livre rouge, rien à voir avec Mao, c'est une sorte de guide des menstruations placé sous le signe de l'osmose cosmique. Je n'ai pas tout saisi, j'avoue m'être enfoncée dans une douce torpeur à l'écouter parler, mais j'ai retenu cette idée intéressante que chaque phase menstruelle correspondait à une phase lunaire et à un ensemble de dispositions dont il était bon de tenir compte.

Dans la période pré-ovulatoire, idéalement au moment où la lune est croissante, la vigueur est maximale, il faut donc en profiter pour bouger, agir, construire. Lors de l'ovulation, à la pleine lune si possible, on se tourne vers les autres, pour prendre soin d'eux, mais aussi pour faire jaillir sa puissance érotique. Maintenant qu'elle le dit, je me souviens que je m'étonnais parfois de ressentir une envie quasi irrésistible de faire l'amour, c'était en quelque sorte plus fort que moi, j'ovulais donc ? À la lune décroissante, la non-fécondation produit un excès d'énergie créatrice à faire fructifier en s'éloignant peu à peu des obligations sociales. Au moment des règles enfin, à la nouvelle lune, on se recentre sur soi et on se repose au chaud. Tout cela me paraît faire sens et je vote donc « oui ». Qu'elles viennent lever leurs cups menstruelles au clair de lune et je leur raconterai quelle délivrance ce fut de ne plus avoir ses règles !

Manon

J'aurais préféré que ça se passe autrement, mais c'est quelque chose qui ne se décide pas, ça vous tombe dessus sans prévenir. Là, j'avoue, ça pouvait pas être pire. Comment j'aurais pu deviner que, quelques heures après l'avoir enfilé et m'être dandinée devant la glace (c'est papa qui dit ça, « arrête de te dandiner, petite dinde », il le dit, mais il sourit), comment j'aurais pu deviner que j'allais détester mon jean blanc, mon jean préféré, celui que j'ai eu tant de mal à avoir ?

Maman répétait et répétait que, non, le blanc, c'est pas possible, c'est trop salissant, et puis « c'est pas du meilleur goût », et puis ça grossit… Elle, oui, ça la grossirait, évidemment, d'ailleurs elle ne s'habille qu'en noir, mais sur moi, le blanc, c'est stylé. Il m'a fallu lui faire mes plus beaux yeux de chat potté, lui promettre de ne plus rien réclamer pendant trois mois, la supplier de me faire la plus grande joie de ma vie et, finalement, faire semblant de céder en prenant l'air le plus triste dont j'étais capable, pour qu'enfin, miracle, elle attrape le pantalon que je serrais contre moi et se dirige vers les caisses. Depuis, elle fait toujours une petite tête contrariée quand je me plante devant elle pour le scan du matin, les jambes moulées de blanc.

Je les choisis spécialement, ces jours-là. Il faut qu'il n'y ait aucun risque de pluie pour éviter les éclaboussures grises sur les mollets, il faut que j'aie cours de latin, parce qu'il y aura Mathis, et il faut qu'un de mes deux T-shirts préférés, le « Power girl » ou le « I love Chicago », soit propre. C'était le cas aujourd'hui, malheureusement. J'ai pourtant un peu hésité parce qu'un énorme bouton rouge gonflait sur mon front. Il me faisait mal, on aurait dit qu'un troisième œil m'avait poussé pendant la nuit, même pas entre les sourcils, on ne voyait que ça. J'aurais dû m'écouter et m'habiller plus discrètement, mais je n'ai pas résisté à l'envie de plaire à Mathis, et puis je me suis dit que, ce bouton, il allait être là pour un moment, alors autant faire avec. J'ai essayé de le dissimuler avec l'anti-cernes que j'ai piqué à maman, j'ai mis un peu de mascara, histoire de détourner l'attention, en espérant qu'elle ne le remarquerait pas, et j'ai donc enfilé mon jean blanc.

En cours, tout s'est bien passé, rien à signaler, sauf que j'avais un peu mal au ventre, enfin, pas vraiment mal, mais ça tirait. Je m'en suis voulu d'avoir mangé une troisième tranche de brioche au petit déjeuner. C'est à la cantine que la catastrophe est arrivée. J'avais pris du saucisson en entrée, Meryem était dégoûtée parce que, l'autre option, c'était des betteraves… Et pour compenser le poisson pané auquel on toucherait pas – on n'a plus cinq ans ! –, on avait pris deux desserts. Comme d'habitude, on est parties les plateaux à la main pour le fond de la salle où nos potes étaient assis et là… le drame ! Meryem s'est collée à mon dos avec son plateau et m'a dit « assieds-toi vite, assieds-toi n'importe où ! », je comprenais pas et j'ai un peu râlé parce que je voulais m'installer pas trop loin de Mathis, mais elle a lourdement insisté, « Manon, si tu t'assieds pas tout de suite, en vrai, tu vas mourir ! ».

J'ai posé mon plateau et je me suis assise. Face à moi, Meryem me regardait fixement, l'air sérieux, elle s'est penchée et, en murmurant, elle a dit « t'as une tache rouge derrière, je crois que c'est… tu sais… ». Là mon cœur est parti en délire, j'avais du mal à respirer et j'ai eu envie de pleurer. Voilà, elles étaient arrivées ! Un jour de jean blanc ! Au collège devant tout le monde ! Ça pouvait pas être pire. Calme-toi, elle m'a dit, on va arranger ça. Je disais plus rien, j'essayais de respirer plus doucement en séparant les petits pois du riz dans mon assiette, j'étais choquée. Charline les a eues à quatorze ans, moi je viens tout juste d'avoir treize ans, c'est pas normal. « Bon, faut d'abord cacher ça, a dit Meryem. Je vais te passer mon sweat, tu l'attacheras autour de ta taille en le laissant pendre derrière et on verra plus rien. » J'aimais pas cette idée, j'allais être ridicule, ce serait comme si une grosse flèche flottant dans l'air désignait mes fesses en clignotant. « T'as une autre solution ? » J'en avais pas, on a fait comme ça du coup.

On est restées assises à peine quelques minutes et puis on s'est levées. Le surveillant ne nous a pas ratées, il nous a demandé de nous rasseoir et de manger le repas pour lequel nos parents payaient chaque mois, on n'allait pas jeter tout ça, et les enfants qui mangent pas à leur faim, et le gaspillage alimentaire, et gnagnagna. Meryem lui a fermé la bouche en disant que je me sentais pas bien, qu'elle m'amenait à l'infirmerie. Il m'a regardée, j'étais aussi blanche que mon jean, il nous a laissées passer.

L'infirmière scolaire a été très sympa. Elle a bien vu que je vivais mal le truc, elle m'a proposé de m'allonger, elle a dit à Meryem de repartir en cours et on a discuté. Elle m'a demandé si je savais ce qui m'arrivait, comme si on n'était pas toutes à attendre ça, dans un drôle de mélange d'angoisse et d'impatience. La sœur de Meryem, elle a bientôt seize ans et toujours rien, miskine. Elle dit que ses copines ont trop de la chance d'avoir leurs règles. Moi, j'avoue, j'aurais bien attendu encore un peu, parce que, maintenant, j'suis fichue jusqu'à la ménopause. C'est ce que j'ai dit à l'infirmière, qui m'a regardée avec des yeux ronds, *fichue* ? ! « Mais c'est pas un drame, elle a dit, non seulement c'est normal, mais c'est même une jolie chose quand on y pense, ça te dit que ton corps se prépare pour le jour où tu auras envie d'avoir un enfant. »

Alors là, merci, mais c'est pas mon projet, mais alors pas du tout ! Voyant ma grimace, elle a ajouté : « Tu n'es pas contente de grandir, de devenir une jeune fille ? » En fait si, j'aime plutôt bien, surtout depuis que j'ai un crush. Mais c'est quand même dégueulasse, non ? Tout ce sang qui coule, et quand c'est pas du sang, c'est des pertes blanches… L'infirmière m'écoutait en souriant, elle a attendu que je termine de râler pour me dire que c'était comme ça depuis toujours, que les femmes devaient toutes vivre avec ça et que j'avais bien de la chance parce que, avec les serviettes et les tampons, j'avais le choix d'une protection hygiénique sûre et discrète, pas comme autrefois où il fallait laver son « linge menstruel ». Puis elle a ajouté une chose qui m'a plu : quand je serai plus âgée, si je veux, je pourrai choisir une contraception qui fait disparaître les règles. Ça, je pense que je le ferai. Elle m'a ensuite écrit un mot pour que je puisse rentrer chez moi et je suis partie, le sweat de Meryem autour de la taille, en rasant les murs.

J'étais sous la couette quand maman est rentrée. Elle a ouvert la porte de ma chambre et, me voyant enfouie, elle s'est précipitée pour s'asseoir à côté de moi. « Ça va pas, ma puce ? Tu te sens pas bien ? Tu es malade ? » Je lui ai annoncé la nouvelle, comme quoi, en gros, j'avais eu mes règles. Et là, elle a éclaté en sanglots. Elle souriait en même temps qu'elle pleurait et elle me caressait le visage en disant « ma grande fille, ma grande fille… ». Elle arrivait pas à se calmer, ça sortait par vagues, tout son corps tremblait. Elle a fini par s'allonger contre moi et j'ai dû la prendre dans mes bras, la bercer un peu pour qu'elle arrête enfin de pleurer. Le monde à l'envers !

En reniflant, elle s'est redressée, « excuse-moi, ma puce, elle a dit, c'est une sacrée nouvelle, je suis très émue ». J'avais remarqué. « Tu sais, elle a ajouté, ça fait beaucoup pour moi en ce moment, entre ma sœur qui a un bébé à quarante-trois ans et mon bébé qui devient une femme, ça fait beaucoup. » Bon, je vois pas trop le rapport, enfin si un peu quand même, mais je comprends pas qu'elle mette tout ça dans le même sac. Elle a vu que je faisais un peu la tête, elle s'est reprise et, avec un grand sourire, elle m'a demandé ce qui me ferait plaisir. Elle voulait marquer le coup, elle voulait que ce soit joyeux, elle voulait m'offrir une robe (une robe !), m'emmener au resto, en gros fêter ça.

Je sais d'où lui vient ce délire, elle m'a raconté. Le jour où elle a eu ses premières règles, c'était un samedi matin (la chance, elle était à la maison). Elle avait découvert la tache rouge au fond de son pyjama en allant aux toilettes. Il fallait qu'elle le dise à sa mère, qu'elle aille dans sa chambre et qu'elle lui dise. Mais elle y arrivait pas, elle restait figée sur place, il avait fallu que Stéphanie la prenne par la main pour la tirer jusque devant la porte de grand-mère et qu'elle la pousse dans le dos pour la faire entrer.

Tête baissée, maman avait murmuré, « j'ai mes règles ». Et là, sans un geste, sans un regard, du fond de son lit, sans baisser le magazine qu'elle lisait, grand-mère avait dit : « Y'a c'qui faut dans la salle de bains », pas un mot de plus, jamais. Qu'est-ce que ça voulait dire ? À quoi ça servait ? Est-ce que ça allait faire mal à chaque fois ? Aucune réponse à ces questions qu'elle n'avait même pas osé poser.

Le pire du pire, c'est qu'après elle avait eu tellement honte de ses règles qu'elle cachait ses serviettes sales dans le tiroir de sa table de nuit. Elle voulait pas que tout le monde sache en voyant les sachets bleus dans la poubelle de la salle de bains, et elle attendait d'être seule pour aller les enfouir au fond de celle de la cuisine. Un jour, en rentrant du collège, elle les avait trouvés éparpillés sur la moquette de sa chambre, un champ de boulettes puantes. Bien sûr, grand-mère n'avait pas dit un mot, elle avait juste vidé son tiroir et laissé ça tout étalé. Maman avait été dévastée. C'est pour ça qu'elle voulait « célébrer » mes premières règles, c'est un peu exagéré, mais je vois pas comment je pouvais lui refuser ce plaisir.

On a décidé d'aller faire du shopping, ça tombait bien, elle a dit, j'allais pouvoir trouver une jolie tenue pour la fête de dimanche. J'étais pas contre, si elle me promettait de me laisser choisir, elle a promis. J'ai pris une douche chaude, un Doliprane, et on est parties pour les galeries « farfouillettes », et là, j'avoue, on a passé un bon moment. J'ai pu essayer tout ce que je voulais, les jeans les plus moulants, les T-shirts « au-dessus du nombril », comme dit maman qui ne saisit pas le concept du crop top. Elle a été d'une patience ! J'en revenais pas. À un moment, j'ai essayé une mini-jupe trop belle, et là, elle s'est mise à pleurer. C'est quand même bizarre, ces larmes à répétition. Heureusement, elle s'est calmée assez vite cette fois-ci, elle s'est excusée et m'a raconté une autre histoire triste.

Un jour, elle devait avoir dans les vingt-cinq ans, elle était dans une cabine d'essayage quand elle avait entendu une conversation entre une mère et sa fille. La mère arrêtait pas de faire des commentaires gentils, genre « tu es belle, ça te va vraiment bien, tu es ravissante ». En petite culotte, immobile derrière son rideau, maman avait écouté sidérée, ça existait donc, c'était possible, de la douceur, des compliments, des sourires. Parce que, chez elle, c'était pas vraiment ça. Quand elle avait mon âge, elle était un peu ronde, un peu boulotte, elle dit. Elle en parle souvent, de ses kilos, de ceux d'hier, de ceux d'aujourd'hui et de ceux de demain, ceux dont elle voudrait être débarrassée.

Et donc pour ses habits, elle avait pas le choix, c'est toujours grand-mère qui choisissait pour elle. Mais elle, elle voulait être comme les copines, elle voulait les trucs à la mode, elle rêvait d'un jean « elastiss » (c'est l'ancêtre du slim, le premier jean moulant de l'histoire). Pour grand-mère, c'était hors de question, trop vulgaire.

Comme maman insistait, suppliait, elle l'avait stoppée net, « mais tu sais bien, Laurence, avec le physique que tu as, tu ne peux pas te permettre ce genre de tenue… ». Du coup, maman avait dû se taper des jeans droits, parfois en velours côtelé, comme grand-mère aimait bien. Alors, dans sa chambre, avec du fil et une aiguille, elle recousait ses pantalons pour les rétrécir en largeur et qu'ils deviennent moulants. À chaque fois, à un moment ou à un autre de la journée, ça craquait et ça faisait des petites boules qui surgissaient entre ses cuisses. Et le soir, tous les soirs, elle recommençait à coudre. Ça devait pas être marrant d'être obligée de faire ça, j'ai un peu pitié d'elle.

Quand je suis sortie de la cabine, elle a dit des trucs sympas. Je crois qu'elle s'est rendu compte qu'elle en était capable elle aussi, d'être douce et gentille. Parce que c'est pas vraiment habituel, elle est plutôt assez dure avec moi, elle a des mots qui fouettent bien. Mais elle s'excuse toujours après, elle dit que c'est comme des égouts qui débordent, que ces immondices de mots qu'elle a accumulés toutes ces années fermentent et gonflent et qu'il faut ensuite qu'elle les déverse. Je lui en veux pas, surtout qu'elle me couvre ensuite de bisous. Mais si elle pouvait me lâcher, en vrai, ça m'arrangerait. Elle s'inquiète toujours de ce que je fais, où je vais, et avec qui, et pourquoi. Elle m'énerve grave à reprendre mon tél tous les soirs, comme si j'allais passer la nuit dessus… Elle a pas l'air de comprendre que mes potes, c'est ma vie !

Aujourd'hui, du coup, elle a dit oui à tout. Je suis rentrée avec un gros sac rempli de fringues trop stylées. Surtout cette jupe que j'aimais bien, pour une fois une jupe, a dit maman, une mini-jupe en faux cuir avec deux petites poches plaquées sur le devant. Je la porterai dimanche, maman sera contente, grand-mère moins… Elle va me faire une remarque, c'est aussi sûr que mon amour pour Mathis. Je me marre déjà en pensant à la tête qu'elle fera quand je lui répondrai : « Mais tu sais bien, grand-mère, avec le physique que j'ai, je peux tout me permettre ! »

C'est bizarre, ce matin, en partant au collège, j'avais plus honte, j'étais même fière d'avoir mes règles. Peut-être que l'opération « fêtons ça » avait marché… En tout cas, je me sentais bien, ma nouvelle serviette extrafine au fond de ma culotte. C'est dingue le choix que t'as. Y'en a de toutes les tailles, de toutes les formes, genre spécial string, y'en a même des parfumées. Je trouvais ça bien, moi, des parfumées, mais maman a dit que c'était vraiment pas nécessaire, que ça sentait pas mauvais si je me changeais régulièrement, et qu'on nous prenait pour des quiches à nous vendre du coton compressé à prix d'or. Elle, elle portait des tampons, c'est plus pratique, elle dit, mais moi, même pas en rêve de me mettre un truc à l'intérieur. Charline, elle, elle utilise une coupe menstruelle, ça recueille le sang dans un mini-bol en plastique que tu te trimbales dedans toute la journée… Et pour l'enlever ? ! Le carnage… je comprends même pas tout ce buzz autour des coupes, comme quoi c'est écolo et tout. Moi je ferai ça à l'ancienne, avec des serviettes.

Meryem m'a serrée fort dans ses bras, comme si je revenais d'une longue maladie. Je l'ai un peu calmée, tout va bien, j'ai dit, c'est la vie. En vrai, j'étais contente, je me sentais forte, sûre de moi. Je sais pas si ça compte, mais maman m'a sorti tout un truc comme quoi je rejoignais la grande lignée des femmes, elle a parlé d'une chaîne de femmes qui, génération après génération, se passaient la flamme, elle a parlé d'une puissance, mais aussi de désir, je devenais *désirante*, elle a dit, et c'était merveilleux. Elle me prend un peu la tête parfois, là j'avoue, elle avait raison. Quand j'ai croisé Mathis dans le couloir, je lui ai souri, pour la première fois. Il a eu l'air un peu étonné et il a presque souri lui aussi. Voilà, je suis désirante, j'ai du désir pour Mathis, je désire ses yeux sur moi, je désire l'entendre dire mon prénom, Manon, en appuyant sur le *ma* parce que je suis à lui. Depuis aujourd'hui, je ne suis plus en mode sous-marin, c'est peut-être les hormones, je sais pas, mais j'assume mon désir et ça me rend folle de joie.

C'est ce que je dirai à maman quand il faudra qu'elle signe le mot que la prof de maths a mis dans mon carnet, « Semble avoir oublié qu'elle se trouvait en cours. Préfère manifestement le monde virtuel à la réalité scolaire ». J'avoue, j'étais dissipée, ma tête faisait des bulles et j'avais du mal à rester concentrée. Je me suis fait prendre quand Justine me montrait la photo de Zoé en soutif sur Insta. J'en revenais pas, meuf, comment elle avait pu faire ça ?! Elle qui est si discrète, presque timide. Il paraît que Lucien lui a mis la pression, genre « si tu me montres tes seins, j'te kiffe grave ». Elle aurait pas dû céder parce que ça va être chaud pour rattraper le coup. Ce bâtard l'a fait circuler dans tout le collège et maintenant les mecs ricanent quand Zoé passe devant eux, elle est effondrée. Je trouve ça dégueulasse et tordu de profiter des sentiments des filles pour les pousser à montrer leur corps.

J'ai dit à Justine qu'il fallait qu'on réagisse, qu'on n'allait pas les laisser ruiner sa vie. J'étais en train de réfléchir à ce qu'on pourrait faire quand la prof s'est plantée devant moi en me demandant si ça me dérangeait pas qu'elle fasse cours pendant que je discutais avec mes copines. Du coup, on a laissé tomber l'affaire, mais moi je continue d'y penser. On pourrait créer un groupe de filles anti-nude-selfies, faudrait qu'on trouve un slogan, genre « mon corps est à moi » ou un truc comme ça. Et à chaque fois qu'une mode chelou se développerait, comme le *onefingerchallenge*, où tu dois faire un selfie nu caché derrière un doigt, on la détournerait, genre selfie du majeur en mode « tu le vois celui-là ? » On va se faire traiter de féministes, et alors ? Moi je vois vraiment pas au nom de quoi je montrerais mon corps à la terre entière. J'ai déjà du mal à rester torse nu devant maman, c'est pas pour inonder la planète de photos de mes petits seins moulés dans leur soutif.

J'ai même pas eu à lui demander de m'en acheter un, c'est elle qui me l'a proposé et c'est vrai que je commençais à en avoir assez des brassières de petite fille qui me serraient. On est allées toutes les deux dans un magasin de lingerie, mais pas trop chic, avec aussi des pyjamas. Maman était toute contente, on aurait dit que c'était pour elle qu'on était là. Et là j'ai eu droit à mon « baptême du feu féministe », enfin c'est comme ça que maman l'a raconté après. Donc on demande à une vendeuse de nous montrer le rayon des premiers soutiens-gorge. On la suit et là, elle attrape un mini-soutif rembourré, maman demande, « vous n'avez pas un autre modèle, sans mousse ? », non, y'en avait pas. J'ai vu maman devenir toute rouge et s'énerver, « mais c'est quand même dingue, vous n'avez rien d'autre à proposer à une toute jeune fille que ces trucs coqués ? ». J'étais hyper gênée, mais elle s'est pas calmée. La vendeuse lui a pourtant dit que la mousse pouvait s'enlever, rien à faire, elle en rajoutait, « c'est quoi cette société qui file des complexes aux filles à peine pubères ?! ». La vendeuse restait sans répondre, à sourire bêtement, j'ai tiré maman par la main et on est enfin sorties.

Dans la rue, elle a continué en m'expliquant que je ne devais pas me prendre la tête avec la taille et la forme de mes seins, qu'il n'y avait pas de modèle en fait, qu'il y avait une infinité de possibilités. Bon, je pouvais pas lui dire que j'avais pas très envie d'avoir des seins énormes comme elle, parce qu'au collège c'est l'enfer… les filles à gros nibs, elles s'en prennent trop plein la gueule. Pour l'instant, mes seins, je les aime bien, ils sont petits, mais leur forme est jolie, je dirais comme un demi-citron. Non, pas un citron, j'ai pas envie qu'on les presse, une demi-pêche alors.

Donc pour la fête d'Ève, en plus de ma mini-jupe en faux cuir, je mettrai mon nouveau soutif qu'on a finalement trouvé au Monop. J'avais envie d'en avoir un noir, je trouve ça joli quand on voit la bretelle sur l'épaule, mais là maman a pas voulu. Donc j'en ai un blanc et un gris chiné, avec les culottes qui vont avec, c'est cool. Dimanche, personne ne le verra, mais moi je le saurai, je saurai que je suis une jeune fille. Qu'est-ce que ça veut dire exactement, j'en sais trop rien, c'est plutôt ce que je ressens, cette impression que je deviens… que je deviens moi !

Jamila

Ève dort, tout est rangé, tout est calme, je peux m'asseoir un moment. J'aime bien que le soleil se couche plus tard, il fait doux, je m'installe sur le balcon et je regarde la ville en pensant à Rayan, lumière de mes yeux. Il était trop content ce matin avec son nouveau survêtement, trop fier de ses tempes rasées qui le font ressembler à Nabil Fekir, la barbe en moins. Il est parti à l'école comme à un match de la Coupe du monde, j'espère qu'il n'aura pas froid.

Il grandit si vite. Je ne peux plus le serrer contre moi, sa tête est maintenant à la hauteur de ma poitrine, ce n'est plus possible. Mais quand nous sommes assis l'un contre l'autre sur le canapé, je me colle à lui, l'entoure de mes bras et le couvre de baisers jusqu'à ce qu'il me repousse en grognant. Je sais que bientôt les choses vont se compliquer. Stéphanie ne comprend pas pourquoi je m'inquiète, elle ne se rend pas compte, elle ne sait pas de quoi sont capables les garçons quand ils sont ensemble et que l'un d'eux a décidé de jouer au caïd. Je les vois tous les jours, moi, à se courir après devant le collège, à se bagarrer sans raison, à attendre je sais pas quoi au lieu de rentrer chez eux. Je n'ai pas envie que Rayan devienne comme eux.

J'ai très peur de ne pas y arriver, de ne pas être assez forte face à lui. S'il y avait un homme à la maison, je serais moins angoissée. Mais entre sa Mani et moi, toutes les deux folles de lui, Rayan va faire sa loi, il la fait déjà. Stéphanie dit qu'elle n'a pas besoin d'un homme, qu'elle a fait ce choix, mais moi je n'ai pas choisi d'être seule. Il me manque. Je voudrais revoir ses yeux se plisser en souriant quand il me regarde, me réveiller dans la chaleur de son corps, que ma peau soupire sous ses mains. Parfois, la nuit, je crois devenir folle à penser au vide qu'il a laissé. Mais le matin, quand mon petit loup ouvre ses billes noires sur moi, j'oublie ma peine.

Je contemple les fenêtres dorées qui brillent au loin. Quelle chance elle a de vivre au dernier étage ! Découvrir le ciel au réveil, au coucher, voir pousser les feuilles des arbres du square. Quand je suis assise ici, dans le silence du début de la nuit, je rêve d'un jour où je pourrai moi aussi regarder le monde d'en haut. En attendant, je me contente de ce petit appartement au fond de la cour où nous nous sommes réfugiés après le départ de Jamal. C'est mignon, on l'a bien aménagé, mais c'est si petit. Comment allons-nous faire quand Rayan sera plus grand ? On ne pourra pas continuer à dormir dans la même pièce…

Je pense que j'achèterai un canapé convertible pour Mani et moi, on lui laissera la chambre.

Stéphanie est rentrée plus tôt que d'habitude, avant minuit, chargée comme une mule de sacs en tissu. Elle les a posés sur la table de la cuisine et en a sorti des fruits de toutes les couleurs, des sachets d'épices, de minuscules bocaux presque vides. Elle en a ouvert un et l'a approché de mon nez. C'est de la truffe blanche d'Alba, m'a-t-elle dit, la plus rare, la plus intense. Je l'ai trouvée plutôt orange, moi, cette truffe blanche, mais c'est vrai qu'elle sentait délicieusement bon. Stéphanie m'a souri, elle rayonnait sous la fatigue de sa journée. « Rentre vite chez toi, il faudra être en forme demain. » Je l'ai laissée au milieu de ses trésors.

Le samedi est mon jour préféré. Pas d'école, pas d'Ève, on se réveille quand on veut et on reste au lit jusqu'à ce que Mani nous appelle pour le petit déjeuner. Elle est toujours debout très tôt, en semaine comme le week-end, levée aux aurores. Elle en profite généralement pour éplucher les légumes dont elle a besoin pour le plat du soir et, le samedi, elle fait son marché. Elle en rapporte un pain au lait pour moi, un pain au chocolat pour Rayan. On s'installe sur le canapé, au milieu des coussins, et on mange devant les dessins animés. C'est un moment de bonheur pur. Toute peine a son adoucissement, le chagrin comme la plus vive douleur. Je voudrais que cela dure, mais je sais que, bientôt, on ne regardera plus la télé ensemble. J'ai promis un téléphone à Rayan pour son entrée au collège… Il faut savourer les moments qu'il me reste à le câliner.

Mais ce matin, pas question de traîner en famille, je dois retourner chez Stéphanie pour l'aider à préparer la fête. Elle me paiera deux jours pour un seul, elle m'a promis, mais ce n'est pas ce qui compte, je le ferais même pour rien. Je veux que tout soit beau et bon pour notre petite Ève, mon croissant de lune. J'aime cette enfant comme si c'était la mienne, moi qui n'ai et qui n'aurai jamais qu'un fils. Rayan n'a pas l'air triste de me voir partir, il sait qu'il va pouvoir profiter de la gentillesse sans limites de sa Mani. Je préfère ne pas penser au nombre d'heures qu'il passera devant la télé ni aux bonbons qu'il avalera sans s'arrêter. C'est une journée exceptionnelle pour tout le monde.

Quand j'arrive, Ève est dans les bras de sa mère à boire son biberon. Mon entrée la dérange, elle lâche la tétine et me fixe de ses grands yeux qui me demandent ce que je fais là. « Je ne sais pas ce qu'elle a ce matin, elle est agitée, elle boit mal, on dirait qu'elle n'a pas faim… » Je réponds à Stéphanie qu'elle aussi est agitée et que la petite doit bien sentir toute cette excitation, non ? Puis je file à la cuisine où le désordre est encore propre. Les fiches de recettes sont aimantées sur le frigo, au-dessus du tableau détaillé des étapes de la journée. Je le lis avec attention, tout a été prévu, l'ordre des épluchages, les listes d'ingrédients à mélanger, les heures des cuissons. Un vrai plan de bataille.

Stéphanie me rejoint, Ève sur la hanche, toutes les deux ont l'air boudeur. Elle s'assied et je lui tends une tasse de café. La petite reste très tranquille sur ses genoux, elle glisse un regard mou sur les citrons, les poires et les lychees, sans essayer de les attraper comme elle le fait d'habitude. Stéphanie lui caresse doucement la tête, un pli creusé entre les sourcils. Elle ne sourit pas. Je sais qu'elle est inquiète, j'essaie de la rassurer. Tout se passera bien, ses amis seront là pour elle. Et puis elles seront ensemble, unies toutes les trois face à la sorcière.

Quand je pense à la douceur de Mani, à sa façon de m'envelopper de son amour, à toutes ces attentions qu'elle a pour moi, préparer la chorba sans viande, vaporiser de l'eau de fleur d'oranger sur nos oreillers, repasser mes habits et même mes culottes, être là pour Rayan quand je n'y suis pas. L'idée qu'une fille déteste sa mère, qu'une mère méprise ses filles, je ne comprends pas. Si je ne l'avais pas entendue de mes propres oreilles cracher son venin, si je n'avais pas vu de mes propres yeux sa grimace glaciale face au visage souriant d'Ève, si je n'avais pas découvert ses albums remplis de photos d'elle, toujours au premier plan, entourée des silhouettes minuscules et floues de ses filles, je n'y croirais pas. Moi aussi je suis inquiète de ce qu'elle pourrait dire, de ce qu'elle pourrait faire. Qui est plus vieux que toi d'une seule nuit t'est supérieur de soixante ruses, alors à son âge…

Stéphanie a couché Ève qui s'est endormie très vite. On peut se mettre au travail. Je ne la reconnais pas, elle parle plus vite, plus fort, avec autorité. Je fais tout ce qu'elle me demande de faire, sans poser de questions. J'ai essayé au début, mais j'ai bien vu que ce n'était pas la bonne attitude. Alors j'obéis. J'épluche les radis noirs, j'épluche les champignons de Paris, j'épluche les navets. Je les coupe en très très fines tranches. J'émince la ciboulette. J'émiette le thym. Je prélève le zeste des citrons. Je décortique les lychees. Je mixe les poires. Je râpe la noix de coco. Je forme de petites boules de fromage. Je fais cuire le chou-fleur à la vapeur. Je verse le bouillon sur le riz rond. Je bats les blancs d'œufs. Je grille les filets de poulet. Je lave les couteaux. J'essuie la table. Je ferme la poubelle et je la sors.

Il est l'heure de déjeuner, je n'ai pas vu le temps passer et je n'ai absolument pas faim, je suis gavée des odeurs de cuisson. Stéphanie est allée chercher Ève pour son biberon de midi. Quand elle revient à la cuisine, je vois tout de suite que quelque chose ne va pas. On dirait qu'elle porte un lourd paquet. La petite ne bouge pas, elle est toute pâle, ses yeux sont à demi ouverts. « Elle a de la fièvre, touche son front. » Il est brûlant, Ève est malade, mon trésor… « J'appelle les urgences médicales », dit Stéphanie en me tendant la petite qui geint comme un chien abandonné. J'essaie de la faire boire, sa bouche se pince, elle tourne la tête. J'entends l'angoisse de Stéphanie dans les silences de sa conversation. « Le médecin arrive, il sera là avant quatorze heures. » Nous voilà toutes les deux figées dans cette attente insupportable. Stéphanie caresse tout doucement la tête de sa fille, « tu ne trouves pas que c'est un peu gonflé ici ? ». Je ne sais pas, je ne crois pas.

Le médecin s'est lavé les mains sans quitter Ève du regard. Il l'allonge sur le canapé et l'examine de ses grosses mains délicates. Il ne dit rien. Il a pris sa température, elle a 39,1°C ! Stéphanie et moi restons collées l'une contre l'autre à attendre qu'il prononce un mot. Il palpe le torse de la petite, son cou, sa tête aussi, qu'il finit par relever doucement vers l'avant. « Est-ce qu'elle a mangé aujourd'hui ? », à peine, elle refuse. « C'est peut-être une otite, avance Stéphanie, j'ai remarqué qu'elle se frottait les oreilles. » Non, ce n'est pas ça, les tympans ne sont pas enflammés. Pas d'encombrement des bronches non plus. Simplement une forte fièvre et cet état de mollesse grincheuse. On voit bien qu'il réfléchit, qu'il n'est pas sûr de lui. « Par mesure de précaution, je préférerais que vous l'emmeniez aux urgences pédiatriques. » Mon cœur s'accélère et je vois Stéphanie écarquiller les yeux. « Maintenant ? Tout de suite ?! » Oui, maintenant et c'est la panique. « Qu'est-ce qu'elle a ? Mais qu'est-ce qu'elle a ?! » Il ne sait pas, il aimerait savoir justement. Probablement un virus, il faut faire des analyses complémentaires, il va prévenir de notre arrivée.

Stéphanie reste pétrifiée, elle tient Ève serrée contre elle en la berçant doucement au rythme de ses gémissements. Il faut réagir, je prends les choses en main. Je retire la petite des bras de sa mère et l'installe dans la nacelle de sa poussette. Le médecin m'arrête quand j'attrape une couverture, « non, ne la faites pas monter en température ». J'ordonne à Stéphanie d'aller préparer un sac avec quelques affaires, des couches, un biberon de lait, un biberon d'eau. Je vérifie que tout est éteint dans la cuisine, range au frigo les crèmes et les ingrédients restés dehors. Et puis j'appelle Greg pour le tenir au courant. Il va nous rejoindre.

Dans le taxi, Stéphanie pleure en silence. Je ne sais pas quoi dire pour la rassurer, je suis morte de peur moi aussi. Le soleil est radieux, je lui en veux de briller si fort un jour comme aujourd'hui. Je me dis que, peut-être, nous ne le savons pas encore, mais peut-être que ce jour est le dernier jour du bonheur. La vie a, comme un feu, fumée, flamme et cendre. Je garde mes angoisses pour moi et me contente de recouvrir la main de Stéphanie, qu'elle a posée sur Ève installée entre nous. La petite ne pleure pas, ne gémit plus, elle reste immobile, on dirait un bébé de cire, le rose a quitté ses joues.

Nous entrons en courant dans l'hôpital, Stéphanie a retrouvé l'usage de la parole, elle se jette sur la première personne venue, qui lui demande de se calmer. On s'occupe de nous immédiatement et je vois bien que c'est inhabituel. Un papa me jette un regard noir, son petit garçon a un bras bandé, je devine qu'ils sont assis là depuis longtemps. Autour de nous, des blouses blanches, roses et vertes se croisent à toute allure. On nous emmène dans une pièce dont les murs sont recouverts d'immenses personnages de dessins animés. Une infirmière allonge Ève, ils sont tous penchés sur elle, on n'entend que leurs voix qui posent question après question, depuis quand la température ? a-t-elle mangé ? pleure-t-elle ? Et puis une jeune femme se relève enfin et s'approche de nous, elle a l'air d'une étudiante. Elle ne sourit pas.

« Votre fille a une forte fièvre et présente des signes cliniques qui pourraient indiquer une méningite. Nous allons devoir réaliser une ponction lombaire pour confirmer le diagnostic, il faut l'hospitaliser. » Un bruit sourd me sort de la sidération, Stéphanie s'est laissée tomber au sol, molle comme un chiffon, elle répète en boucle « mon Dieu, non, mon Dieu, non ». Nous la relevons, la médecin tente de la rassurer, « dans la plupart des cas, la méningite est virale et donc bénigne, le rétablissement est rapide, il n'y a aucune séquelle ». Et dans les autres cas ? « Si c'est bactérien, c'est plus embêtant, mais nous n'en sommes pas là, il faut attendre les résultats du prélèvement. »

Ève a été allongée dans un petit berceau roulant. Nous allons devoir la quitter. Je tire Stéphanie qui résiste, la main agrippée à la paroi de plastique transparent. Je tente de la persuader de lâcher prise, « il faut qu'ils s'occupent d'elle… il faut qu'ils la soignent… ». Elle sera sous anesthésie, elle ne sentira rien, nous a-t-on assuré. Ils l'emmènent et disparaissent derrière deux portes battantes. Nos visages plaqués contre le carré de verre qui nous sépare d'elle, nous la regardons partir en pleurant. Attendre maintenant, attendre et prier Allah que rien de grave ne soit annoncé. Je propose à Stéphanie de prendre un peu l'air et de respirer au soleil et c'est là, en sortant du bâtiment, que nous apercevons Greg qui court vers nous.

Stéphanie tombe dans ses bras en sanglotant, incapable d'expliquer quoi que ce soit. Je m'en charge donc et nous voilà trois à occuper le vide de l'attente. Nous n'y avions pas pensé et c'est Greg qui nous le rappelle, mais il va falloir tout annuler et prévenir les invités. Raconter, encore et encore, répondre dix fois aux mêmes questions, le cauchemar. Nous décidons d'envoyer un message unique à tout le monde. Greg le rédige en donnant les détails, suspicion de méningite, ponction lombaire, fête reportée, merci de ne pas nous appeler, vous tiendrons au courant dès les résultats connus. Ça ne tarde pas, le téléphone de Stéphanie se met à vibrer toutes les trois secondes. Je le lui prends et impose le silence.

Plus d'une heure a passé. Dans la salle des urgences, nous mêlons notre peur à celle des autres parents. C'est à mon tour de lancer un regard noir au papa du petit garçon au bras bandé, il ne connaît pas sa chance, son fils doit s'être foulé le poignet, peut-être cassé un os, mais ce sera bien le pire. Rien à voir avec notre méningite. Enlaçant les épaules de Stéphanie d'une main, Greg ne peut s'empêcher, de l'autre, de chercher des informations sur Internet. Je lui interdis de partager ses lectures à voix haute. Nous ne savons pas et nous ne voulons rien savoir tant que nous n'avons pas les résultats de la ponction.

Et voilà que ce moment arrive. Notre gentille médecin avance vers nous, nous nous levons d'un bond. Elle semble plus détendue, je crois même qu'elle sourit un peu. Tout s'est très bien passé, c'est bien une méningite, mais le liquide prélevé était clair, c'est donc la forme virale, la moins grave. Ève dort, sa fièvre est un peu descendue. Stéphanie pleure de joie, Greg reste incrédule, « rien de grave, vraiment? elle n'est pas en danger? ». Non, plus d'inquiétude à avoir, il va simplement falloir qu'elle passe la nuit à l'hôpital, le temps d'obtenir le bilan complet du laboratoire et de surveiller l'évolution de son état. Quel soulagement! Jusqu'à aujourd'hui, je ne savais pas que l'on pouvait descendre si bas et monter si haut dans la même journée. J'ai déjà éprouvé ce sentiment du monde qui s'arrête, du gouffre qui s'ouvre dans lequel on bascule, mais, cette fois-ci, tout se termine bien. Cela me donne de l'espoir, je me dis qu'un jour peut-être, je pleurerai à nouveau de joie en apercevant une silhouette s'avancer vers moi.

Stéphanie et Greg vont rester avec Ève cette nuit. Nous nous serrons fort dans les bras, je les embrasse avant de les laisser et de rentrer à la maison. Il est cinq heures de l'après-midi, j'ai l'impression de ne pas avoir dormi depuis deux jours. Mais le soleil brille et je lui suis reconnaissante maintenant de ne pas s'être éteint. J'ai un peu la tête qui tourne, je me rappelle que je n'ai rien avalé depuis ce matin. J'entre dans une boulangerie et m'achète deux pains au lait, je prends aussi des parts de flan aux pistaches pour ce soir, Rayan les adore. Ni lui ni Mani ne se doutent de rien, ils ont continué de vivre sans trembler, leurs vies sont restées tranquilles.

Juste avant de descendre dans le métro, mon cœur accélère. Devant moi, un dos familier, des cheveux noirs bouclés, des épaules carrées, des jambes souples qui dévalent l'escalier. Je me précipite derrière cet homme que je crois le mien. Il marche trop vite, je dois presque courir pour me retrouver à son niveau. « Jamal ? ! » Il tourne la tête et c'en est fini de mes rêves. Ce n'est pas lui. Ses yeux sont moins brillants, sa bouche trop fine, sa barbe trop clairsemée. Mon beau Jamal… où est-il ? Reviendra-t-il ? Je n'en sais rien. Tout ce que je sais, c'est que je l'aime et que je l'attends.

Dimanche

On entend des portes se refermer sourdement et le couinement des chaussures en plastique sur le sol en lino. Des voix étouffées, un chariot que l'on pousse, l'agitation ouatée qui accompagne le changement de service. L'infirmière de jour entre dans la chambre, Stéphanie ouvre les yeux, ahurie de découvrir qu'elle s'était endormie quand elle avait juré de veiller toute la nuit. Le bip du thermomètre électronique résonne, « combien ? » demande-t-elle d'une voix pâteuse, « 37,9 » répond la silhouette blanche. Stéphanie sourit et se lève pour aller caresser la joue d'Ève endormie. Ses joues ont retrouvé un peu de couleur, sa bouche fait une moue ronde animée d'imperceptibles mouvements de succion, son souffle marque parfois un petit temps d'arrêt, puis reprend après une légère saccade, un soupir. Stéphanie contemple la ligne bleue qui serpentine sur sa paupière gauche, le tracé d'un graphique tatouant la peau translucide, des pics et des creux dont Greg pense qu'ils s'estomperont avec le temps, mais les veines disparaissent-elles ?

Il n'a pas pu rester dans la chambre, un unique fauteuil, un seul parent, et d'ailleurs à quoi pourrait prétendre un père qui n'est qu'intime ? Puis il a voulu camper en salle d'attente pour demeurer près d'elles, Stéphanie l'a convaincu de rentrer se coucher, lui promettant de le tenir au courant heure par heure. La communication s'est interrompue vers trois heures du matin, les nouvelles étaient bonnes, Greg a lui aussi lâché sa garde. C'est le son liquide d'un message entrant qui l'extirpe du sommeil. Ève n'a presque plus de fièvre, elle dort paisiblement, tout va mieux, tout peut recommencer. Il se colle alors contre le dos de Yann qui flotte encore quelque part loin de lui, l'enserre de ses bras, fait glisser ses caresses le long du torse jusqu'entre ses jambes, où il trouve ce qu'il aimerait être la preuve d'un désir inextinguible et qui n'est que l'effet du relâchement musculaire propre au sommeil paradoxal.

L'envie de faire l'amour l'envahit, un élan immaîtrisable né de la conscience aiguë de la vie qui va malgré tout, de la vie qui va quand l'angoisse de la mort a disparu et qui le pousse à réveiller Yann de sa bouche, puis à s'enfouir en lui. Une fois libéré le flux vital, dans le silence encore un peu haletant où le plaisir l'a laissé, Greg se souvient d'un autre hôpital, d'un autre petit matin. Du fond du lit blanc où il était cloué, son beau visage de vingt ans à moitié recouvert par les pansements, la respiration douloureuse, l'infirmier l'avait trouvé présentant au monde une trique magnifique. Il venait de terminer sa nuit à racler le bitume de la face, éjecté de l'arrière d'un scooter anonyme, ivre et sans casque. Plus aucun souvenir de celui qui le conduisait on ne sait où, chez lui sans doute, et qui s'était à peine arrêté pour constater la disparition de sa proie nocturne. Il pourrait en revanche dessiner chaque trait, jusqu'à la densité des longs cils noirs, du visage réjoui de celui qui l'avait découvert si vaillamment disposé. Deux décennies plus tard, Greg regrette encore de n'avoir rien tenté, de n'avoir pu que rougir là où la peau respirait entre les bandages, se laissant soigner sans esquisser un geste, quand, et il en était certain, le bel infirmier ne l'aurait pas repoussé.

C'est dimanche, le dimanche tant attendu, et c'est un tout autre jour. Les détails de la cérémonie si soigneusement réglée n'ont plus aucun sens. Rien n'est prêt, tout s'est arrêté. Quand bien même le buffet serait dressé, il manquerait l'essentiel, la principale héroïne, le bébé adoré. Il n'y aura pas de fête donc. Si la chose leur avait été annoncée il y a quelques jours, Greg et Stéphanie auraient été incrédules d'abord, dévastés ensuite. Ce matin, pourtant, ils ne sont que joie et soulagement. Ils s'appellent, échangent les mots réconfortants dont ils ont besoin. Avoir connu, ensemble, l'attente révoltée et longue, si longue, du résultat d'analyse, du diagnostic, du sourire en blouse blanche, leur avait fait éprouver dans l'évidence le lien qui les unissait désormais tous les trois.

C'est ce qu'ils se disent, dans ce drôle d'état qui n'est pas du bonheur, mais quelque chose de plus fort encore, né de l'éloignement du danger et de la fin de la peur. Ils se disent que cette nuit, quelques heures avant le moment prévu, ils sont devenus les parents d'Ève, sans témoins ni baratin, dans l'intensité partagée de leur amour pour elle. Que faire maintenant de tout le reste ? À quoi bon célébrer ce qui existe déjà et que rien ne pourra jamais délier ? Celles et ceux qui devaient venir témoigner de leur félicité familiale ont été prévenus de l'hospitalisation, il faut maintenant leur apprendre que tout va bien et les convier à se réjouir en dépit de l'annulation des festivités.

Greg s'anime soudain et interpelle Stéphanie, pourquoi ne pas se rassembler malgré tout dans l'allégresse retrouvée ? Car, de motifs de réjouissance, outre la santé d'Ève, il ne manque pas. Il y a ce beau soleil et cet air si doux qui, à eux seuls, justifient que l'on se laisse envelopper et combler. Il y a, tenu au frais, ce prosecco *superiore* que Stéphanie fait venir directement de la province de Trévise où les vignes poussent sur de hautes collines de terre rude à travailler. Il y a toute cette nourriture, qui ne sera pas aussi minutieusement préparée que dans les rêves de la cuisinière, mais néanmoins délicieuse et abondante. Et cette énergie que donne la délivrance, cette envie de courir, de crier, de jouir. Greg lance alors l'idée d'un pique-nique improvisé, ce sera le *Fuck disease picnic* ! Stéphanie refuse l'appellation, mais accepte immédiatement le principe. Rendez-vous sera donné devant le pavillon des urgences pédiatriques, sur la grande pelouse qui semble faite exprès. On étendra les grandes nappes de lin blanc dont plus personne ne sait à quels prénoms correspondent les initiales brodées, on ajoutera quelques assiettes en carton, quelques ballons, le moment deviendra idéal.

Laurence et ses filles sont les premières arrivées. Les deux sœurs se jettent dans les bras l'une de l'autre, les pleurs coulent le long de leurs joues avant de bifurquer vers le trajet commode creusé entre le nez et la bouche. Tout va bien… « Tout va bien, n'est-ce-pas ? » Oui, répond Stéphanie, Ève se rétablit, rien de terrible, rien d'irrémédiable, plus de vent glacé, simplement encore quelques frissons. Laurence sanglote, elle produit des larmes comme elle a autrefois produit du lait, généreusement et avec un plaisir manifeste. Il faut l'intervention de Greg pour mettre un terme à l'effusion, qui, il le sait, peut être longue. Les émotions une fois partagées, on peut commencer de s'agiter.

Charline et Manon sont chargées de gonfler les baudruches blanches, qu'elles attachent aux fils tirés entre les arbres balbutiants que quelqu'un a plantés en espérant qu'ils produiraient un jour une ombre fraîche. Le contraste est frappant : la plus grande, trop fine et si gracieuse, une large chemise flottant autour de son corps sans contours, et la plus petite, les cuisses rondes s'épanouissant sous la jupe courte, les seins poussant fort vers l'avant et la mine hilare. L'une est un peu lente peut-être, mais efficace, l'autre bondissante et maladroite. Bruyante aussi, il faut lui demander de cesser ce sifflement strident qu'elle obtient en pinçant l'orifice du ballon pour en extraire l'air qu'elle vient à peine d'y insuffler. Elle rit, puis obéit. Laurence a eu la bonne idée d'apporter un parasol, il est multicolore, mais qu'importe, Stéphanie a depuis longtemps lâché son obsession de blancheur baptismale. Elle ne relève même pas le semblant d'effort que sa sœur a fait en choisissant une robe à pois ivoire sur fond noir, un peu de blanc parsemé.

C'est ensuite Lucie qui avance et s'approche, précédée de Lola sur son vélo et de Garance trottinettant à grand-peine dans l'herbe trop haute. Derrière elles, au loin, on aperçoit Julien tirant deux lourds caddies tel un baudet humain. On le laisse arriver et on s'embrasse, quelques larmes à nouveau. Les trois sœurs s'enlacent et restent un moment soudées comme elles ont décidé de l'être désormais. Greg n'ose pas interrompre cette fois-ci, il aide Julien à vider son fardeau, toutes ces boîtes et tous ces bocaux remplis d'aliments épars qu'il va falloir assembler. C'est un peu comme un puzzle, les pièces ne peuvent s'assortir au petit bonheur la chance. On organise un atelier « montage » sous la houlette amusée de Stéphanie qui semble presque se moquer du sort de ses trésors de cuisine. Les cubes de poulet vont avec les navets glacés, le chèvre frais se tartine sur les rondelles de radis noir, les noix de Saint-Jacques tombent dans les verrines de chou-fleur, les anneaux de calamar s'embrochent par paires, la burrata se mangera à la cuillère puisqu'elle ne peut devenir farce, on se passera aussi des aspics de poisson et on fera des boulettes du risotto à la truffe blanche devenu froid. Il n'y a guère que les desserts, préparés l'avant-veille, à faire bonne figure. C'est Jamila qui les a apportés, aidée de sa Mani et de Rayan. Ils ne sont que sourires.

Peu à peu, les ami·e·s arrivent, soulagés d'être réunis malgré tout et joyeux, si joyeux ! Les fourmis hospitalières qui remontent ou descendent l'allée les dévisagent. Ces cheveux colorés, ces bras et ces mollets tatoués, ces nez piercés et ces grandes bouches sonores détonnent dans l'enceinte pesante et grave. Presque personne ne s'en offusque pourtant, personne ne vient leur demander de baisser d'un ton. Même les parents que le sort n'a pas encore rassurés ne peuvent retenir un petit rictus aimable. On devine que la fête marque la disparition de l'innommable, l'éloignement du spectre fatal que l'on espère vivre bientôt soi aussi. Quelques-uns, rares, que la peine rend mauvais, s'interdisent ne serait-ce qu'un regard, ils avancent du pas lourd des pensées morbides. On ne les voit pas, ils n'existent pas, rien de sombre ne viendra ternir ce jour.

Quand tout le monde est là, que les coupes ont été distribuées – jamais au grand jamais

Stéphanie ne boirait dans du plastique –, qu'elles ont été remplies une première fois, Greg demande le silence. Il n'y aura pas de long discours, simplement un grand merci à la vie qui a décidé de suivre son cours. « Je suis un homme heureux, ajoute-t-il, heureux que sa fille soit en bonne santé et heureux que vous soyez là pour vous en réjouir avec nous. » Voilà, c'est dit comme en passant, il est le père d'Ève. Les verres se lèvent, tintent et se vident. On forme un grand cercle autour des victuailles étalées en désordre. Les plus jeunes ont organisé leur propre assemblée, un peu à l'écart, sous la direction de Charline, qui retrouve dans cette tâche le plaisir de l'organisation militante, même si les blagues un peu molles remplacent les slogans, même si la troupe infantile n'a rien d'une avant-garde, il reste la joie d'être ensemble.

Une belle heure a passé, le temps d'atteindre cet état aussi parfait qu'éphémère, quand l'alcool produit son effet le plus adéquat, que la nourriture ne pèse pas encore et que les rires explosent comme des bulles. Un doux manège s'est mis en place, chacun partant tour à tour embrasser Ève et lui parler un peu de l'amour d'elle dont les vagues ondulent au soleil. De retour, les yeux brillent et les bouches s'étalent. Corinne n'y échappe pas. Elle est venue finalement, accourant à l'idée de la détresse qui avait recouvert un moment le bonheur de son amie. Face à Ève qui la fixait avec le sérieux propre aux nourrissons, elle a vu la vie dans son moment d'évidence originelle. Elle a plongé là et s'est laissée couler tout au fond palpitant du mystère. Quelques paliers de décompression ont été nécessaires avant qu'elle puisse retourner dans le tumulte de l'après-midi. Elle s'est isolée dans un coin caché de la salle d'attente, a laissé ses larmes se tarir, son souffle s'apaiser et le goût de vivre peu à peu renaître. Elle sait maintenant que l'énergie de son être tournera à jamais sur elle-même, turbine solitaire ; elle accepte cette idée, la creuse même, la travaille pour que de fatalité elle se transforme en projet.

Lorsque Corinne réapparaît enfin, c'est le moment du dessert, qui est aussi celui des cadeaux. Stéphanie s'est assise, adossée à la glacière, telle une reine recevant présents et merveilles. Tou·te·s s'extasient et applaudissent aux trouvailles. Il y a une série de petites tenues multicolores que Manon s'amuse à accrocher entre les ballons blancs. On tient le compte des robes et des pantalons, les seconds l'emportent de justesse. Il y a des jouets « premier âge » d'une sophistication invraisemblable : arche d'éveil, cube d'activités, chariot de marche, traversin multifonction, tapis sensoriel. On s'interroge : « Comment donc s'amusaient les bébés autrefois ? » Mais les réserves restent souriantes, personne n'oserait priver Ève de cette débauche de plaisirs à venir, si superflue soit-elle.

Seul le cadeau de Kenza fait vraiment discussion : un mini-ballon de foot, celui de la dernière

Coupe du monde, une revisite du modèle de 1970, mélange de carreaux noirs et blancs à effet pixellisé. Laurence fronce le nez, « tu pousses un peu loin, un ballon à une petite fille de six mois ! ». Kenza résiste, « pourquoi devrait-elle grandir entourée de peluches roses et de poupées à nichons ? Elle en fera ce qu'elle voudra, des poupées comme du ballon, mais elle aura le choix ». On s'anime, on discute, la majorité soutient le ballon, Laurence cède et acquiesce à reculons, « bon, d'accord, mais pour ses premières chaussures de marche, faudra pas oublier les crampons… ». On rit et on décide d'organiser une partie de foot.

C'est Rayan qui a lancé l'idée, incapable de résister une seconde à l'envie de shooter dans la boule flambant neuve. On a formé deux équipes improbables, mélangeant adultes et enfants, filles et garçons, sportifs et néophytes. Celles et ceux que cela ne tente pas restent vautrés et s'enfoncent dans une mœlleuse léthargie. Kenza en fait partie, on s'en étonne, n'est-elle pas une avant-centre de légende ? Elle prétexte une cheville récemment foulée, des ligaments abîmés, tout pourvu que personne ne sache le trou creusé en son sein, la fatigue post-opératoire, la fragilité. Elle a quasiment obligé Sophie à jouer, lassée de son attention permanente, qui pourrait la désigner dans sa condition de malade. Qu'on la laisse en paix se remettre de l'extraction de sa noisette, qu'on la laisse se faire tranquillement à cette séparation un peu trop brutale. La tête à l'ombre du parasol et les jambes à bronzer, elle observe les trois sœurs qui sommeillent ensemble.

Stéphanie a posé sa tête sur le ventre confortable de Laurence dont le bras entoure les épaules de Lucie. Leurs yeux sont fermés, mais on devine qu'aucune ne dort vraiment, elles flottent simplement dans la sereine puissance de la sororité retrouvée. Voilà que le ballon atterrit au beau milieu de ce fatras de fratrie. Stéphanie se redresse. L'après-midi aura bientôt fini de s'étirer, elle a envie d'aller embrasser Ève avant que l'on ne replie le camp. Elle se lève et s'éloigne, nimbée de vapeurs d'amour.

Dans le couloir qui la mène à sa fille, une infirmière s'interpose : il y a déjà quelqu'un dans la chambre, il faut qu'elle attende un peu. Contrariée d'avoir ainsi été arrêtée dans son élan maternel, elle s'approche du hublot de la porte. Ses sourcils se haussent alors, ses cils s'écarquillent, sa bouche s'entrouvre. Assise sur le fauteuil qui a été tiré près du berceau, Nicole sourit à sa petite-fille en lui caressant la joue.

Qui a bien pu la prévenir ? Certainement pas Stéphanie qui l'avait tout bonnement oubliée. Ce ne sont pas non plus ses sœurs ni Greg qui, d'un accord commun, apprendra-t-elle, ont décidé de ne rien dire ni faire qui aurait permis à la gorgone de venir troubler la beauté du jour. Comment est-elle arrivée sans que personne le sache, sans que personne la voie ? Autre mystère.

Ce qui se vit là sous ses yeux ébahis n'avait pas été écrit, rien n'aurait pu le prédire.

La main tavelée aux ongles trop rouges repose maintenant sur le ventre d'Ève dont elle recouvre toute la rondeur. Doucement, elle s'élève de quelques millimètres, puis redescend au rythme du souffle de l'enfant. Hypnotisée par cette scène si sereine, Stéphanie reste un moment immobile, sans savoir ce qu'elle ressent. C'est lorsqu'un petit goût de sel liquide glissé par la commissure se répand sur sa langue qu'elle comprend. Ève a fait renaître la tendresse au plus profond d'un vieux cœur de mère.

Elle ouvre alors la porte, entre et la referme avec précaution. Nicole lève la tête vers elle, un sourire presque invisible aux lèvres. « Elle est mignonne… », Stéphanie esquisse à son tour un rictus, « … elle n'a évidemment rien de toi », qui se fige aussitôt. « Sors », lui rétorque-t-elle, assez fort pour empêcher toute protestation. Alors, avec une maladresse forcée, les sourcils tressautant d'indignation, la vieille dame attrape ses béquilles, se redresse à grand-peine et avance en claudiquant. Les deux femmes se croisent sans un regard, elles glissent l'une contre l'autre.

Sa grand-mère sortie, Ève pousse un soupir que Stéphanie imagine de soulagement. Revenue à son côté, elle scrute le petit visage endormi à la recherche d'un froncement, d'une tache infime, d'une marque infâme. Rien, la chair est restée pleine et douce.

Remerciements

Ma gratitude va d'abord à Sabine Wespieser, qui m'a procuré une joie inouïe en accueillant ce texte avec tant d'enthousiasme et en me proposant de le publier. J'ai alors vécu le rêve de toute autrice : rencontrer la personne qui donne vie à l'écriture et sens aux années de travail.

Je remercie Mathieu Larnaudie, à qui je dois d'avoir osé sauter le pas de l'écriture fictionnelle et dont les précieux conseils ont accompagné le livre dans ses premières versions.

Christelle Berthevas m'a aidée à développer cette constellation de personnages féminins, ses suggestions de scénariste me permettant de leur donner une voix à chacune, qu'elle en soit ici remerciée.

Un grand merci aussi à Mélie Chen, dont les remarques bienveillantes m'ont permis de trouver la forme ultime de ce récit choral et de l'inscrire dans le moment présent.

Sans mes discussions intimes et intenses avec Laurent, je n'aurais littéralement pas pu finir ce livre. Je lui en suis profondément reconnaissante, de cela et de tant d'autres choses encore.

DE LA MÊME AUTRICE

Romans

PLEINE ET DOUCE, Sabine Wespieser, 2023 (Folio n° 7381).

Essais

LA RÉVOLUTION DU FÉMININ, Gallimard, coll. « Bibliothèque des Sciences humaines », 2015 (Folio essais n° 659).

LE CORPS DES FEMMES. LA BATAILLE DE L'INTIME, Philosophie Magazine éditeur, 2018 (Points, 2021).

SEINS. EN QUÊTE D'UNE LIBÉRATION, Anamosa, 2020 (Points, 2022).

UN CORPS À SOI, Seuil, 2021 (Points, 2023).

ÊTRE FÉMINISTE, POUR QUOI FAIRE ?, La Martinière jeunesse, coll. « ALT », 2023.

UN SI GROS VENTRE. EXPÉRIENCES VÉCUES DU CORPS ENCEINT, Stock/Philosophie Magazine éditeur, coll. « Immersions », 2023.

COLLECTION FOLIO

Dernières parutions

7003. Collectif — *À nous la Terre !*
7004. Dave Eggers — *Le moine de Moka*
7005. Alain Finkielkraut — *À la première personne*
7007. C. E. Morgan — *Tous les vivants*
7008. Jean d'Ormesson — *Un hosanna sans fin*
7009. Amos Oz — *Connaître une femme*
7010. Olivia Rosenthal — *Éloge des bâtards*
7011. Collectif — *Écrire Marseille.* 15 grands auteurs célèbrent la cité phocéenne
7012. Fédor Dostoïevski — *Les Nuits blanches*
7013. Marguerite Abouet et Clément Oubrerie — *Aya de Yopougon 5*
7014. Marguerite Abouet et Clément Oubrerie — *Aya de Yopougon 6*
7015. Élisa Shua Dusapin — *Vladivostok Circus*
7016. David Foenkinos — *La famille Martin*
7017. Pierre Jourde — *Pays perdu*
7018. Patrick Lapeyre — *Paula ou personne*
7019. Albane Linÿer — *J'ai des idées pour détruire ton ego*
7020. Marie Nimier — *Le Palais des Orties*
7021. Daniel Pennac — *La loi du rêveur*
7022. Philip Pullman — *La Communauté des esprits. La trilogie de la Poussière II*
7023. Robert Seethaler — *Le Champ*
7024. Jón Kalman Stefánsson — *Lumière d'été, puis vient la nuit*
7025. Gabrielle Filteau-Chiba — *Encabanée*
7026. George Orwell — *Pourquoi j'écris* et autres textes politiques

7027. Ivan Tourguéniev — *Le Journal d'un homme de trop*
7028. Henry Céard — *Une belle journée*
7029. Mohammed Aïssaoui — *Les funambules*
7030. Julian Barnes — *L'homme en rouge*
7031. Gaëlle Bélem — *Un monstre est là, derrière la porte*
7032. Olivier Chantraine — *De beaux restes*
7033. Elena Ferrante — *La vie mensongère des adultes*
7034. Marie-Hélène Lafon — *Histoire du fils*
7035. Marie-Hélène Lafon — *Mo*.
7036. Carole Martinez — *Les roses fauves*
7037. Laurine Roux — *Le Sanctuaire*
7038. Dai Sijie — *Les caves du Potala*
7039. Adèle Van Reeth — *La vie ordinaire*
7040. Antoine Wauters — *Nos mères*
7041. Alain — *Connais-toi* et autres fragments
7042. Françoise de Graffigny — *Lettres d'une Péruvienne*
7043. Antoine de Saint-Exupéry — *Lettres à l'inconnue* suivi de *Choix de lettres dessinées*
7044. Pauline Baer de Perignon — *La collection disparue*
7045. Collectif — *Le Cantique des cantiques. L'Ecclésiaste*
7046. Jessie Burton — *Les secrets de ma mère*
7047. Stéphanie Coste — *Le passeur*
7048. Carole Fives — *Térébenthine*
7049. Luc-Michel Fouassier — *Les pantoufles*
7050. Franz-Olivier Giesbert — *Dernier été*
7051. Julia Kerninon — *Liv Maria*
7052. Bruno Le Maire — *L'ange et la bête. Mémoires provisoires*
7053. Philippe Sollers — *Légende*
7054. Mamen Sánchez — *La gitane aux yeux bleus*
7055. Jean-Marie Rouart — *La construction d'un coupable.* À paraître

7056.	Laurence Sterne	*Voyage sentimental en France et en Italie*
7057.	Nicolas de Condorcet	*Conseils à sa fille* et autres textes
7058.	Jack Kerouac	*La grande traversée de l'Ouest en bus* et autres textes beat
7059.	Albert Camus	*« Cher Monsieur Germain,... »* Lettres et extraits
7060.	Philippe Sollers	*Agent secret*
7061.	Jacky Durand	*Marguerite*
7062.	Gianfranco Calligarich	*Le dernier été en ville*
7063.	Iliana Holguín Teodorescu	*Aller avec la chance*
7064.	Tommaso Melilli	*L'écume des pâtes*
7065.	John Muir	*Un été dans la Sierra*
7066.	Patrice Jean	*La poursuite de l'idéal*
7067.	Laura Kasischke	*Un oiseau blanc dans le blizzard*
7068.	Scholastique Mukasonga	*Kibogo est monté au ciel*
7069.	Éric Reinhardt	*Comédies françaises*
7070.	Jean Rolin	*Le pont de Bezons*
7071.	Jean-Christophe Rufin	*Le flambeur de la Caspienne. Les énigmes d'Aurel le Consul*
7072.	Agathe Saint-Maur	*De sel et de fumée*
7073.	Leïla Slimani	*Le parfum des fleurs la nuit*
7074.	Bénédicte Belpois	*Saint Jacques*
7075.	Jean-Philippe Blondel	*Un si petit monde*
7076.	Caterina Bonvicini	*Les femmes de*
7077.	Olivier Bourdeaut	*Florida*
7078.	Anna Burns	*Milkman*
7079.	Fabrice Caro	*Broadway*
7080.	Cecil Scott Forester	*Le seigneur de la mer. Capitaine Hornblower*
7081.	Cecil Scott Forester	*Lord Hornblower. Capitaine Hornblower*
7082.	Camille Laurens	*Fille*

7083. Étienne de Montety — *La grande épreuve*
7084. Thomas Snégaroff — *Putzi. Le pianiste d'Hitler*
7085. Gilbert Sinoué — *L'île du Couchant*
7086. Federico García Lorca — *Aube d'été* et autres impressions et paysages
7087. Franz Kafka — *Blumfeld, un célibataire plus très jeune* et autres textes
7088. Georges Navel — *En faisant les foins* et autres travaux
7089. Robert Louis Stevenson — *Voyage avec un âne dans les Cévennes*
7090. H. G. Wells — *L'Homme invisible*
7091. Simone de Beauvoir — *La longue marche*
7092. Tahar Ben Jelloun — *Le miel et l'amertume*
7093. Shane Haddad — *Toni tout court*
7094. Jean Hatzfeld — *Là où tout se tait*
7095. Nathalie Kuperman — *On était des poissons*
7096. Hervé Le Tellier — *L'anomalie*
7097. Pascal Quignard — *L'homme aux trois lettres*
7098. Marie Sizun — *La maison de Bretagne*
7099. Bruno de Stabenrath — *L'ami impossible. Une jeunesse avec Xavier Dupont de Ligonnès*
7100. Pajtim Statovci — *La traversée*
7101. Graham Swift — *Le grand jeu*
7102. Charles Dickens — *L'Ami commun*
7103. Pierric Bailly — *Le roman de Jim*
7104. François Bégaudeau — *Un enlèvement*
7105. Rachel Cusk — *Contour. Contour – Transit – Kudos*
7106. Éric Fottorino — *Marina A*
7107. Roy Jacobsen — *Les yeux du Rigel*
7108. Maria Pourchet — *Avancer*
7109. Sylvain Prudhomme — *Les orages*
7110. Ruta Sepetys — *Hôtel Castellana*
7111. Delphine de Vigan — *Les enfants sont rois*
7112. Ocean Vuong — *Un bref instant de splendeur*
7113. Huysmans — *À Rebours*

7114. Abigail Assor	*Aussi riche que le roi*
7115. Aurélien Bellanger	*Téléréalité*
7116. Emmanuel Carrère	*Yoga*
7117. Thierry Laget	*Proust, prix Goncourt. Une émeute littéraire*
7118. Marie NDiaye	*La vengeance m'appartient*
7119. Pierre Nora	*Jeunesse*
7120. Julie Otsuka	*Certaines n'avaient jamais vu la mer*
7121. Yasmina Reza	*Serge*
7122. Zadie Smith	*Grand Union*
7123. Chantal Thomas	*De sable et de neige*
7124. Pef	*Petit éloge de l'aéroplane*
7125. Grégoire Polet	*Petit éloge de la Belgique*
7126. Collectif	*Proust-Monde. Quand les écrivains étrangers lisent Proust*
7127. Victor Hugo	*Carnets d'amour à Juliette Drouet*
7128. Blaise Cendrars	*Trop c'est trop*
7129. Jonathan Coe	*Mr Wilder et moi*
7130. Jean-Paul Didierlaurent	*Malamute*
7131. Shilpi Somaya Gowda	*« La famille »*
7132. Elizabeth Jane Howard	*À rude épreuve. La saga des Cazalet II*
7133. Hédi Kaddour	*La nuit des orateurs*
7134. Jean-Marie Laclavetine	*La vie des morts*
7135. Camille Laurens	*La trilogie des mots*
7136. J.M.G. Le Clézio	*Le flot de la poésie continuera de couler*
7137. Ryoko Sekiguchi	*961 heures à Beyrouth (et 321 plats qui les accompagnent)*
7138. Patti Smith	*L'année du singe*
7139. George R. Stewart	*La Terre demeure*
7140. Mario Vargas Llosa	*L'appel de la tribu*
7141. Louis Guilloux	*O.K., Joe !*
7142. Virginia Woolf	*Flush*
7143. Sénèque	*Tragédies complètes*

7144.	François Garde	*Roi par effraction*
7145.	Dominique Bona	*Divine Jacqueline*
7146.	Collectif	*SOS Méditerranée*
7147.	Régis Debray	*D'un siècle l'autre*
7148.	Erri De Luca	*Impossible*
7149.	Philippe Labro	*J'irais nager dans plus de rivières*
7150.	Mathieu Lindon	*Hervelino*
7151.	Amos Oz	*Les terres du chacal*
7152.	Philip Roth	*Les faits. Autobiographie d'un romancier*
7153.	Roberto Saviano	*Le contraire de la mort*
7154.	Kerwin Spire	*Monsieur Romain Gary. Consul général de France*
7155.	Graham Swift	*La dernière tournée*
7156.	Ferdinand von Schirach	*Sanction*
7157.	Sempé	*Garder le cap*
7158.	Rabindranath Tagore	*Par les nuées de Shrâvana* et autres poèmes
7159.	Urabe Kenkô et Kamo no Chômei	*Cahiers de l'ermitage*
7160.	David Foenkinos	*Numéro deux*
7161.	Geneviève Damas	*Bluebird*
7162.	Josephine Hart	*Dangereuse*
7163.	Lilia Hassaine	*Soleil amer*
7164.	Hervé Le Tellier	*Moi et François Mitterrand*
7165.	Ludmila Oulitskaïa	*Ce n'était que la peste*
7166.	Daniel Pennac	*Le cas Malaussène I Ils m'ont menti*
7167.	Giuseppe Santoliquido	*L'été sans retour*
7168.	Isabelle Sorente	*La femme et l'oiseau*
7169.	Jón Kalman Stefánsson	*Ton absence n'est que ténèbres*
7170.	Delphine de Vigan	*Jours sans faim*
7171.	Ralph Waldo Emerson	*La Nature*
7172.	Henry David Thoreau	*Sept jours sur le fleuve*
7173.	Honoré de Balzac	*Pierrette*
7174.	Karen Blixen	*Ehrengarde*
7175.	Paul Éluard	*L'amour la poésie*
7176.	Franz Kafka	*Lettre au père*

7177.	Jules Verne	*Le Rayon vert*
7178.	George Eliot	*Silas Marner. Le tisserand de Raveloe*
7179.	Gerbrand Bakker	*Parce que les fleurs sont blanches*
7180.	Christophe Boltanski	*Les vies de Jacob*
7181.	Benoît Duteurtre	*Ma vie extraordinaire*
7182.	Akwaeke Emezi	*Eau douce*
7183.	Kazuo Ishiguro	*Klara et le Soleil*
7184.	Nadeije Laneyrie-Dagen	*L'étoile brisée*
7185.	Karine Tuil	*La décision*
7186.	Bernhard Schlink	*Couleurs de l'adieu*
7187.	Gabrielle Filteau-Chiba	*Sauvagines*
7188.	Antoine Wauters	*Mahmoud ou la montée des eaux*
7189.	Guillaume Aubin	*L'arbre de colère*
7190.	Isabelle Aupy	*L'homme qui n'aimait plus les chats*
7191.	Jean-Baptiste Del Amo	*Le fils de l'homme*
7192.	Astrid Eliard	*Les bourgeoises*
7193.	Camille Goudeau	*Les chats éraflés*
7194.	Alexis Jenni	*La beauté dure toujours*
7195.	Edgar Morin	*Réveillons-nous !*
7196.	Marie Richeux	*Sages femmes*
7197.	Kawai Strong Washburn	*Au temps des requins et des sauveurs*
7198.	Christèle Wurmser	*Même les anges*
7199.	Alix de Saint-André	*57 rue de Babylone, Paris 7e*
7200.	Nathacha Appanah	*Rien ne t'appartient*
7201.	Anne Guglielmetti	*Deux femmes et un jardin*
7202.	Lawrence Hill	*Aminata*
7203.	Tristan Garcia	*Âmes. Histoire de la souffrance I*
7204.	Elsa Morante	*Mensonge et sortilège*
7205.	Claire de Duras	*Œuvres romanesques*
7206.	Alexandre Dumas	*Les Trois Mousquetaires. D'Artagnan*
7207.	François-Henri Désérable	*Mon maître et mon vainqueur*
7208.	Léo Henry	*Hildegarde*

7209. Elizabeth Jane Howard — *Confusion. La saga des Cazalet III*
7210. Arthur Larrue — *La diagonale Alekhine*
7211. Hervé Le Tellier — *Inukshuk, l'homme debout*
7212. Jean-Christophe Rufin — *La princesse au petit moi. Les énigmes d'Aurel le Consul*
7213. Yannick Bestaven — *Mon tour du monde en 80 jours*
7214. Hisham Matar — *Un mois à Sienne*
7215. Paolo Rumiz — *Appia*
7216. Victor Hugo — *Préface de* Cromwell
7217. François-René de Chateaubriand — *Atala* suivi de *René*
7218. Victor Hugo — *Le Rhin*
7219. Platon — *Apologie de Socrate*
7220. Maurice Merleau-Ponty — *Le doute de Cézanne*
7221. Anne Delaflotte Mehdevi — *Le livre des heures*
7222. Milena Busquets — *Gema*
7223. Michel Butor — *Petite histoire de la littérature française*
7224. Marie Darrieussecq — *Pas dormir*
7225. Jacky Durand — *Plus on est de fous plus on s'aime*
7226. Cecil Scott Forester — *Hornblower aux Antilles. Capitaine Hornblower*
7227. Mia Kankimäki — *Ces héroïnes qui peuplent mes nuits*
7228. François Noudelmann — *Les enfants de Cadillac*
7229. Laurine Roux — *L'autre moitié du monde*
7230. Robert Seethaler — *Le dernier mouvement*
7231. Gilbert Sinoué — *Le Bec de Canard*
7232. Leïla Slimani — *Regardez-nous danser. Le pays des autres, 2*
7233. Jack London — *Le Loup des mers*
7234. Tonino Benacquista — *Porca miseria*
7235. Daniel Cordier — *La victoire en pleurant. Alias Caracalla 1943-1946*
7236. Catherine Cusset — *La définition du bonheur*

7237. Kamel Daoud — *Meursault, contre-enquête*
7238. Marc Dugain — *La volonté*
7239. Alain Finkielkraut — *L'après littérature*
7240. Raphaël Haroche — *Une éclipse*
7241. Laura Kasischke — *À Suspicious River*
7242. Étienne Kern — *Les envolés*
7243. Alexandre Labruffe — *Wonder Landes*
7244. Virginie Ollagnier — *Ils ont tué Oppenheimer*
7245. John Steinbeck — *Des souris et des hommes*
7246. Collectif — *La poésie à vivre. Paroles de poètes*
7247. Gisèle Halimi — *Plaidoirie pour l'avortement*
7248. Gustave Flaubert — *Récits de jeunesse*
7249. Santiago H. Amigorena — *Le premier exil*
7250. Fabrice Caro — *Samouraï*
7251. Raphaël Confiant — *La muse ténébreuse de Charles Baudelaire*
7252. Annie Ernaux — *L'autre fille*
7253. Margaret Kennedy — *Le festin*
7254. Zoé Oldenbourg — *Argile et cendres*
7255. Julie Otsuka — *Quand l'empereur était un dieu*
7256. Pascal Quignard — *L'amour la mer*
7257. Salman Rushdie — *Grimus*
7258. Antoine Wauters — *Le musée des contradictions*
7259. Nathalie Azoulai — *La fille parfaite*
7260. Claire Castillon — *Son empire*
7261. Sophie Chauveau — *Journal intime de la Vierge Marie*
7262. Éric Fottorino — *Mohican*
7263. Abdulrazak Gurnah — *Paradis*
7264. Anna Hope — *Le Rocher blanc*
7265. Maylis de Kerangal — *Canoës*
7266. Anaïs LLobet — *Au café de la ville perdue*
7267. Akira Mizubayashi — *Reine de cœur*
7268. Ron Rash — *Une terre d'ombre*
7269. Yasmina Reza — *Théâtre II*
7270. Emmanuelle Salasc — *Hors gel*

Tous les papiers utilisés pour les ouvrages des collections Folio sont certifiés et proviennent de forêts gérées durablement.

Composition Soft Office
Impression Maury Imprimeur
à Malesherbes, le 22 avril 2024
Dépôt légal : mai 2024
Numéro d'imprimeur : 277626

ISBN 978-2-07-302450-3 / Imprimé en France

596312